青少年财智故事汇
CAIZHI GUSHIHUI
韩祥平 编著

让青少年
正确面对生活的智慧故事

北京出版集团
北京出版社

图书在版编目(CIP)数据

让青少年正确面对生活的智慧故事／韩祥平编著.— 北京：北京出版社，2014.1
（青少年财智故事汇）
ISBN 978–7–200–10303–8

Ⅰ.①让… Ⅱ.①韩… Ⅲ.①故事—作品集—世界 Ⅳ.①I14

中国版本图书馆 CIP 数据核字（2013）第 282798 号

青少年财智故事汇
让青少年正确面对生活的智慧故事
RANG QING-SHAONIAN ZHENGQUE MIANDUI SHENGHUO DE ZHIHUI GUSHI
韩祥平　编著
*
北 京 出 版 集 团
北 京 出 版 社　　出版
（北京北三环中路 6 号）
邮政编码：100120

网　　址：www.bph.com.cn
北 京 出 版 集 团 总 发 行
新 华 书 店 经 销
三河市同力彩印有限公司印刷
*
787 毫米×1092 毫米　16 开本　12 印张　170 千字
2014 年 1 月第 1 版　2023 年 2 月第 4 次印刷
ISBN 978–7–200–10303–8
定价：32.00 元
如有印装质量问题，由本社负责调换
质量监督电话：010–58572393
责任编辑电话：010–58572775

前言　享受诗意人生

一位得知自己将不久于人世的老先生，在日记簿上记下了这样一段文字：

"如果我可以从头活一次，我要尝试更多的错误，我不会再事事追求完美。

"我情愿多休息，随遇而安，处事糊涂一点，不对将要发生的事处心积虑地计算着。其实人世间有什么事情需要斤斤计较呢？

"可以的话，我会多去旅行，翻山涉水，再危险的地方也要去一去。以前不敢吃冰淇淋，是怕健康有问题，此刻我是多么的后悔。过去的日子，我实在活得太小心，每一分、每一秒都不容有失，太过清醒明白，太过合情合理。

"如果一切可以重新开始，我会什么也不准备就上街，甚至连纸巾也不带一块，我会放纵地享受每一分、每一秒。如果可以重来，我会赤足走出户外，甚至彻夜不眠，用这个身体好好地感觉世界的美丽与和谐。还有，我会去游乐场多玩几圈木马，多看几次日出，和公园里的小朋友玩耍。

"如果一切可以重来，我会充分地理解社会，做成熟的自己，活出最精彩的姿态。我不惧怕任何风雨，也不会在挫折面前有一声叹息，我会培养良好的习惯，具备解决问题的能力，我要像富人一样去思考一切，我会用平常心来看待平凡的生活,并学会在逆境中激越最辉煌的人生⋯⋯

"如果一切可以再开始,我不会任负能量的情绪控制我自己,我要乐观地面对挑战,我要用心去行动,用智慧去丈量生命的长度,在生活的河流里,会当击水三百年⋯⋯"

"只要人生可以从头开始,但我知道,不可能了。"

人的一生就像一列火车,而我们就是那行走的风景,其间的挫折、困难,幸福、美好,只是途中的一个个小站。一路狂奔,不知浓缩了多少匆忙,疲惫的我们甚至难得去领略生命在忙碌的汗水中沉淀出的意境。

领悟生活,是要努力去丰富生活的内容,努力去提升生活的质量,在阅历中读懂人生、读懂生命、读懂生活、读懂爱。

青少年的生活本是丰富多彩的,除了学习、成长中的烦恼,还有许许多多美好的东西值得我们去享受:可口的饭菜、温馨的家庭生活、蓝天白云、花红草绿、飞溅的瀑布、浩瀚的大海、雪山与草原、大自然的形形色色,包括遥远的星系、久远的化石⋯⋯

此外还有诗歌、音乐、沉思、友情、谈天、读书、体育运动、喜庆的节日⋯⋯

甚至学习本身也可以成为享受,在进取的路上,如果我们把目光从"图功名"上稍稍挪开,去关注一下上帝给予我们生命、生活中的这些美好,去历练我们应该历练的一切,相信我们会更全面地认识和发展自己。

本书收录了许多精彩的小故事,还在每一个故事后面附上了一段精彩的点评,小中见大,从平凡中感悟深刻的人生,激发每一个人对生活、人生等进行多角度的思考,点燃深藏在你心底深处的智慧火种。

一滴水,可以折射太阳的光辉;一本书,可以滋养无数的心灵。在本书中你会明白:社会是一个人成长的真正课堂;

前言　享受诗意人生

成长有时比成功更重要；如果我们拿到了一手差牌，需要做的不是抱怨生活，而是用心做最好的自己；当我们面对人生的挫折时，我们要坚信多走一步就是天堂；要想拥有生活的阳光色彩，就得有一颗平常心；培养一种良好的习惯和思维，是人生成功最好的保障；金钱有时是一种思想；成功有时就是一个思路的转变……

　　愿书中的哲理故事成为点亮人生的一盏盏灯，在它的照耀下，我们可以把沉重的忧伤变为令人沉醉的美酒，把午夜的黑暗化为黎明的曙光，使我的生活之旅走得轻松、欢快、达观。

目 录

第一章 社会是人生的大学，生活是最好的老师 / 1

你是我们的统治者 / 2

苏东坡显才遭贬谪 / 3

秀政的传家宝 / 6

别让经验束缚自己 / 7

突破经验 / 9

被唆使的野猪 / 10

农夫与毒蜘蛛 / 11

郭威推功 / 12

拉磨的千里马 / 13

以貌取人的哈佛校长 / 14

抬高自己就是孤立自己 / 15

不要好为人师 / 17

以强欺弱要不得 / 18

颍考叔之灾 / 19

从修车工到汽车大王 / 21

与人方便，自己方便 / 22

任何时候都要给别人留有余地 / 23

第二章　苦等一副好牌，不如打好手中的差牌 / 25

在不幸中坚持把牌打下去 / 26
相信吧，潮水会回来 / 27
将劣势转化为优势 / 28
《思想者》的诞生 / 29
勤能补拙 / 32
比别人更努力 / 33
厄运不会长久 / 34
自我控制的力量 / 36
一切都会过去 / 37
不被拒绝所击倒 / 38
或许那没什么大不了的 / 39

第三章　成长比成功更重要 / 43

真实的高度 / 44
名副其实的冠军 / 45
放鱼归湖的心怀 / 46
南风和北风 / 48
林肯的胡子 / 48
钓鱼的诀窍 / 50
技术顾问 / 51
留学生的名声 / 52
诗人与钟表匠 / 53
低调做人是做人的最佳姿态 / 54
得饶人处且饶人 / 55
严格要求自己 / 57
女郎的拒绝 / 59
人生的成败关键在做人 / 60

你可以不完美，但不能没原则 / 61
得意不忘形，失意不颓废 / 62
最大的交易 / 64
救人终救己的丘吉尔 / 65

第四章 生活习惯不是造就你，就是毁掉你 / 67

习惯影响一生 / 68
被遗忘的朋友 / 68
鲁班造锯 / 70
刻苦让梦想变成现实 / 71
远离懒惰部落 / 72
和时间赛跑 / 73
管理自己的健康账户 / 75
顺应人体的生物规律 / 77
学会调节生活 / 78
习惯之根 / 79
戒除不良习惯 / 80

第五章 做解决生活问题的智慧能手 / 83

将难题进行分解 / 84
奥运新思路 / 86
最顶尖的雕像 / 88
运用之妙，存乎一心 / 89
看不懂的故事 / 91
他山之石的妙用 / 92
最完美的答案 / 93
收藏家的惊喜 / 95
会讲笑话的垃圾桶 / 96
放飞想象的翅膀 / 97

从身边寻找灵感 / 98
小男孩求租 / 99
推销高手 / 100
敢有特别的想法 / 101
"灵机一动"的收获 / 102
挣脱你的"思维栅栏" / 103
用智慧获取成功 / 104

第六章 用一颗平常心去对待生活 / 107

换个角度,自会发现人生美景 / 108
悲观的果实叫无奈,乐观的果实叫甘甜 / 108
乐观者看见了太阳,悲观者看见的是太阳黑子 / 109
天堂抑或地狱,皆在一念之间 / 110
凡事多往好处想 / 110
给人快乐的天使 / 112
心态决定一切 / 113
走自己的路,让别人说去吧 / 114
平淡生活 / 115
球王贝利的烦恼 / 117
对自己说"不要紧" / 118
用微笑代替忧伤 / 119
龅牙不是罪过 / 121
关上身后的门 / 122

第七章 生活是条河,只有豁达的人才能到达彼岸 / 125

凡墙都是门 / 126
折磨迎来新生 / 127
反击别人不如充实自己 / 129
把折磨当成前进的动力 / 130

不能流泪就选择微笑 / 131
选择生命的光明面 / 133
找到心理的平衡点，生活才会平衡 / 134
拿得起放得下，才是真豪杰 / 136
洞悉生命，无处不是宁静 / 137
心怀感恩对自己也是一种解脱 / 138
心灵不需要装饰，平常心最完美 / 139

第八章　有钱人和你想的不一样 / 141

冯谖的"炒作学" / 142
妙手生花，让钱生钱 / 144
毁掉名画的策略 / 146
猫眼和猫身 / 147
1元钱的"繁殖"能力 / 149
圆梦花园和凤凰山庄 / 150
养成大的气候 / 151
菜单中的经济学 / 152
借鸡生蛋成大业 / 153
连横合纵成盟友 / 155
向前线挺进 / 157
诺贝尔奖的设立 / 159

第九章　生活小细节，人生大成败 / 161

东京帝国饭店 / 162
用心做事才能见微知著 / 163
"磨"出来的科学院院士 / 165
聚少成多的力量 / 166
20分钟的代价 / 167
微小机会成就辉煌未来 / 168

被马掌钉打败的国家／170

关灯／172

茶文化的精神／173

天下第一关／174

两张车票／175

一封特殊的介绍信／176

形象的价值／177

"砰",关闭了合作之门／178

第一章

社会是人生的大学，生活是最好的老师

> "世事洞明皆学问，人情练达即文章。"社会是一本无字之书。大多数时候，社会并不对你灌输些什么，它只是推着你转，让你在酸甜苦辣的生活中触摸生命，领略生活的真谛。假如你弄懂了社会这门大课，做任何事情你都能游刃有余。

你是我们的统治者

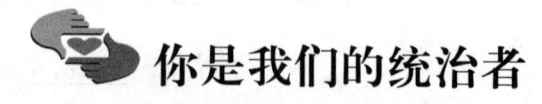

一个波斯国王快要病死了。他的医生告诉他,喝母狮子的奶是存活的唯一希望。国王转向仆人们,"谁去把母狮子的奶给我拿来?"他问道。

"我愿意去!"有个人回答说,"如果你愿意让我带上10只山羊。"

那人带着羊群上路了,找到一个狮子洞,那儿有一头母狮子正在给幼崽儿喂奶。第一天,这人远远地站着,把一只山羊扔给母狮,它很快就把山羊吃掉了。第二天,他走近了一点儿,又扔过去一只山羊。这样他往前走着,到第十天,他和母狮子成了朋友,它让他抚摸,让他和它的幼崽玩耍,最后让他取了一些它的奶。这人就返回来了。

走到半路,这个人睡了一觉,梦见自己身体的各个部分吵了起来。他的腿说:"身体的其他器官都不能和我们相比。要不是我们走近母狮子,这个人就没办法取到奶给国王。"

手回答说:"要不是我们挤奶,他也没有办法取到奶给国王。"

"但是,"眼睛说,"要不是我们指路,他什么也干不了。"

"我比你们都好!"心喊叫着,"要不是我想到这个办法,你们都没有用。"

"而我呢,"舌头回答说,"是最好的!要是不能说话,你们还能干什么?"

"你怎么敢和我们比?"身体的各部分一起叫起来,"你整天在那个黑暗的地方待着,不像我们都有骨头,你甚至连一根骨头都没有。"

"早晚你们会知道的,"舌头说,"到那时你们就会说我是统治者。"

第一章 社会是人生的大学，生活是最好的老师

这个人醒过来，继续赶路。当他走进国王的宫殿，他宣布："这是我给你带回来的狗奶！"

"狗奶！"国王咆哮道，"我要的是狮子奶。把这人带走绞死。"

在去刑场的路上，这个人身体的各个部分都颤抖起来。这时舌头对它们说："我说过我比你们厉害。如果我救了你们，你们会不会承认我统治你们？"它们都忙不迭地同意了。

"把我送到国王那里去。"舌头冲着刽子手大喊。这人又被带到国王面前。

"为什么你下令把我绞死？"这人问道，"这奶能治好你的病。你不知道有时候母狮子也叫作母狗吗？"

国王的医生从这人手里接过奶，检查一番，发现真的是母狮子奶。国王喝了以后，病很快就好了。

这个人因自己的功劳而获得了丰厚的奖赏。现在身体的各部分都转向舌头："我们向你鞠躬敬礼，你是我们的统治者。"它们谦恭地说。

智慧感悟

"病从口入，祸从口出。"在社会中，言辞的谨慎对个人是至关重要的。如果不注意，想说什么就说什么，往往容易授人以柄，招惹是非。聪明的方法是在与人交往的时候，一定要注意说话的内容、分寸、方式和对象，要多听少说。

苏东坡显才遭贬谪

苏东坡在湖州做了3年官，任满回京。想起当年因得罪王安石落得

被贬的结局,这次回来应投门拜见才是。于是,便往宰相府来。

此时,王安石正在午睡,书童便将苏东坡迎入东书房等候。

苏东坡闲坐无事,见砚下有一方素笺,原来是王安石的两句未完诗稿,题是《咏菊》。苏东坡不由得笑道:

"想当年我在京为官时,此老下笔数千言,不假思索。三年后,却是江郎才尽,起了两句头便续不下去了。"

苏东坡把这两句念了一遍,不由得叫道:

"呀,原来连这两句诗都是不通的。"

诗是这样写的:

"西风昨夜过园林,吹落黄花满地金。"

在苏东坡看来,西风盛行于秋,而菊花在深秋盛开,最能耐久,随你焦干枯烂,却不会落瓣。一念及此,苏东坡按捺不住,依韵添了两句:

"秋花不比春花落,说与诗人仔细吟。"

待写下后,又想到如此抢白宰相,只怕又会惹来麻烦;若把诗稿撕了,更不成体统。左思右想,都觉不妥,便将诗稿放回原处,告辞回去了。

第二天,皇上降诏,贬苏东坡为黄州团练副使。

苏东坡在黄州任职将近一年,转眼便已深秋,这几日忽然起了大风。风息之后,后园菊花棚下满地铺金,枝上全无一朵。苏东坡一时目瞪口呆,半响无语。此时方知深秋菊花果然落瓣!不由对友人道:

"小弟被贬,只以为宰相是公报私仇。谁知是我错了。切记啊,不可轻易讥笑别人,正所谓经一事,长一智呀。"

苏东坡心中含愧,便想找个机会向王安石赔罪。想起临出京时,王安石曾托自己取三峡中峡之水用来冲阳羡茶,由于心中一直不服气,早把取水一事抛在脑后。现在便想趁冬至节送贺表到京的机会,带着中峡水给宰相赔罪。

第一章 社会是人生的大学，生活是最好的老师

此时已近冬至，苏东坡告了假，带着因病返乡的夫人经四川出发了。在夔州与夫人分手后，苏东坡独自顺江而下，不想因连日鞍马劳顿竟睡着了。及至醒来，已是下峡，再回船取中峡水又怕误了上京时辰，听当地老人道："三峡相连，并无阻隔。一般江水，难分好歹。"便装了一瓷坛下峡水，带着上京去了。

上京来先到相府拜见宰相。

王安石命门官带苏东坡到东书房。苏东坡想到去年在此改诗，心中愧疚。又见柱上所贴诗稿，更是羞惭，进门便跪下谢罪。

王安石原谅了苏东坡以前没见过菊花落瓣而写诗讥讽的事。待苏轼献上瓷坛，侍童取水煮了阳羡茶。

王安石问水从何来，苏东坡道："巫峡。"

王安石笑道："又来欺瞒我了，此明明是下峡之水，怎么冒充中峡。"

苏东坡大惊，急忙辩解道误听当地人言，三峡相连，一般江水，难分好歹。但不知宰相何以能辨别。

王安石语重心长地说道："读书人不可轻举妄动，定要细心察理，我若不是到过黄州，亲见菊花落瓣，怎敢在诗中乱道？三峡水性之说，出于《水经补注》，上峡水太急，下峡水太缓，唯中峡水缓急相伴，如果用来冲阳羡茶，则上峡味浓，下峡味淡，中峡浓淡之间，今见茶色半晌方现，故知是下峡水。"

苏东坡敬服。

王安石又把书橱尽数打开，对苏东坡言道："你只管从这二十四橱中取书一册，念上文一句，我若答不上下句，就算我是无学之辈。"

苏东坡专拣那些积灰较多，显然是久不观看的书来考王安石，谁知王安石竟对答如流。

苏东坡不禁折服，道："宰相学问渊深，非晚辈浅学可及！"

苏东坡乃一代文豪，诗词歌赋都有佳作传世，只因恃才傲物、口

出妄言，竟三次被王安石所屈，从此再也不敢轻易讥讽他人。

★智慧感悟★

中国有句古话叫作："聪明反被聪明误。"有的人一世聪明，到头来也没有落得好的下场。其实，官场也好，商场也罢，或者日常生活中的种种细琐之处，该糊涂的时候，就不要顾忌自己的面子、学识、地位、权势，一定要糊涂。只有会糊涂，才能不为烦恼所扰，不为人事所累，这样也必会有一个幸福、快乐、成功的人生。

秀政的传家宝

秀政是日本古代一位大臣，有一天，一位仆人在领地的城墙附近发现有人竖立了一块木牌，上面列举着30多条秀政的政治过失。家臣们商量之后，决定把那块木牌拿给秀政看，并且非常愤怒地说："竖立这块木牌的人，实在太可恶了，应该逮捕他并严厉处罚。"

可是当秀政把木牌上所写的一一读过以后，马上说："有人这样严格地指正我，实在太难得了。我应该把它看成上天的赐予，并当作传家之宝，好好收藏。"于是，他把木牌用一只精美的袋子包起来，然后再装进箱子里，并召集家臣幕僚，根据木牌上所列举的过失，认真仔细地检讨。此后，秀政的政绩更加辉煌了。

智慧感悟

虚心接受别人的批评，可以让一个人更快乐、更健康地成长，同时也能为他赢得良好的人缘。相反，如果一受到批评，就好像阿Q被人提起头上的"癞疮疤"一样暴跳如雷，只会让我们成为一个心胸狭窄且不受人欢迎的人。

别让经验束缚自己

拿破仑一生中令人叹服的一大战绩，就是成功地跨越了高峻的阿尔卑斯山，以出奇制胜的方式把奥地利军队打得落花流水，顷刻间土崩瓦解。

当时人们都认为，阿尔卑斯山是"天险"，没有一支军队可以翻越。但拿破仑心中早拟好了翻越的具体方案，据此对士兵加以训练，因此他率领军队成功地越过了天险。

当位于阿尔卑斯山另一边的奥地利军队，发现数万法军正逼近首都时，都以为这支军队是"天降神兵"！当奥军准备调兵迎战时，却为时已晚。

拿破仑善于出奇制胜，赢得了无数次的大小胜利。而导致他最终垮台的原因，却正是因为他曾经赢得了太多的战争。赢的次数多了，人就会自满，并且会用以前的经验来应付新的战争。然而事实证明，经验并不足以应付纷繁复杂的新情况，将经验套用在新形势上，无异于缚住了自己的手脚，等于作茧自缚、自毁前程。

当法军入侵俄国时，俄国大将库图佐图设计了一个焦土战术。这是拿破仑以前从未碰到过的，所以在俄军面前简直不知所措，无所适从。

每当看到法军，俄军便向后撤，并把所有他们认为可能落入法军手中的房屋和补给品统统烧掉。法军一直在追，俄军一直在退，沿途法军所见的尽是熊熊烈火。

拿破仑率军队追到莫斯科时，发现首都也是一片火海，克里姆林宫居然也被俄军给点燃了。拿破仑感到俄国人疯了。不过，他很快发现，法军找不到任何粮食和驻扎的房屋，从法国运送的补给品也遥遥无期。当时正值冬天，法军饥寒交迫，根本无法立足。

拿破仑此时才发觉形势十分不妙，便匆匆下令撤军。可是为时已晚，俄军反退为进，转守为攻，追击法军。在仓皇撤退的路途中，士气低落的法军再次遭到俄军的追击，终于在滑铁卢战败投降。

拿破仑遭受的惨败，完全是盲目照搬自己以前成功经验的缘故。因此可以说，拿破仑不是败在敌军的手上，而是败在自己的手上，是成功的经验给他带来了失败的结果。

每个人都有各种各样的经验，同时又会从别人那里看到很多经验。对于经验，必须辩证地看待，灵活地运用。因为经验是一个既有用又无用、既有利又有害的东西，用得好可以使人继续成功，用得不好则会让人一败涂地。人既不能完全地拒绝经验，也不能轻易上了经验的当。

智慧感悟

确实，经验是我们处理日常问题的好帮手，但经验并非是万能的。一个人在成长过程中不必过于迷信前人的经验，如果过分依赖经验，就会形成固定的思维模式，使大脑失去想象力和判断力，从而很难达到自己的目标。

很多经验只是某些表面现象的初步归纳，具有较大的偶然性。有的看似根据和理由充分，实际上却片面、偏颇；有的只适用于某一范围、某一时期，在另一范围、另一时期则并不适宜。由于受许多条件的限制，无论是个人的经验，还是集体的经验，都不可避免地具有只适合于某些场合和时间的局限性。所以，千万不可让他人的经验成为我们思考的障碍物和绊脚石。

突破经验

一家规模不大的建筑公司在为一栋新楼安装电线。在一处地方，他们要把电线穿过一根10米长，但直径只有3厘米的管道，而且管道是砌在砖石里，并且弯了4个弯。这让非常有经验的老工程师都感到束手无策，显然，用常规方法很难完成任务。最后，一位刚刚参加工作不久的青年工人想出了一个非常新颖的主意：他到市场上买来两只白鼠，一公一母。然后，他把一根线绑在公鼠身上，并把它放在管子的一端。另一名工作人员则把那只母鼠放到管子的另一端，并轻轻地捏它，让它发出吱吱的叫声。公鼠听到母鼠的叫声，便沿着管子跑去救它。它沿着管子跑，身后的那根线也被拖着跑。因此，工人们就很容易地把那根线的一端和电线连在了一起。就这样，穿电线的难题顺利得到解决。

智慧感悟

经验可以给我们很大的帮助，但事物是不断变化的。这就要求我们具体问题具体分析，大胆突破不用大脑、东施效颦式的经验模仿，而选择在模仿经验的时候发挥自己的创造力。一个人如果没有创新精神，事事模仿别人，就无法充分发挥自己的创造力，更不能激发自己身上独特的潜质。

要挣脱经验的限制，这样才能得到别人的帮助，离成功也才能更一步。

被唆使的野猪

一个炎热的夏天，太阳火一样炙烤着大地，森林的动物们都渴得四处寻找水喝。一只狐狸好不容易发现了一眼清泉，正想饮个痛快，不料来了一头狮子，蛮横地把它赶跑了。

愤愤不已的狐狸看见不远处有一头野猪，立即迎上去说："野猪大哥，你也想喝水吗？前面正好有一眼清泉，可惜被狮子霸占了，它宣布谁也不准去尝一口！"此时正干渴难忍的野猪一听就火了，它冲到狮子面前嚷道："狮子，别以为自己是兽王，就可以蛮不讲理，请让一下吧，我也该喝点儿水了。"

狮子大怒："住口！本大王的清泉，谁也甭想享用！"

它俩你一言，我一语，越吵越凶，狮子见野猪竟敢不买自己的账，便走上前去，蛮横地把野猪往边上一推，趴在那儿就想喝水。野猪顿时火冒三丈，誓死要保卫自己的尊严，向狮子猛冲过去，于是两个便扭打在一起。

可是，大热天待着不动还热得让人受不了呢，更何况它们打得这么凶？不一会儿，它俩决定休息一会儿，继续战斗。

这时，站在不远处的狐狸却一个劲儿呐喊助威："野猪大哥，加油呀，争口气，好好教训教训它！"

野猪受到鼓舞后站起来和狮子又扭打成一团，最后狮子和野猪连爬起来的力气都没有了，而此时的狐狸趁机在清泉边饮了个够……

头脑简单的野猪真是一杆好枪，被工于心计的狐狸使了个痛快。

第一章　社会是人生的大学，生活是最好的老师

★智慧感悟★

生活中，当你受到攻击、侮辱、谩骂时，一定要冷静下来，仔细地了解事情的来龙去脉，然后再行动，这样才能避免因一时冲动而犯下不可挽回的错误。

农夫与毒蜘蛛

一个身材高大的农夫在他的果园里挖地，突然，有一只毒蜘蛛从他翻起的泥块底下蹦了出来。

"讨厌的家伙！"农夫厌恶地说，并本能地往旁边跳开一步。

"你敢碰我一下，我绝不饶你！"毒蜘蛛摆动着上下颚，发出了"咝咝"的叫声，威胁地说，"你这个无知的家伙！我可要警告你，只要敢碰我一下，我就会让你在痛苦的挣扎中死去，到时你后悔都来不及了！"

农夫一眼就看穿了毒蜘蛛的伎俩，它其实只是在虚张声势。他用粗壮厚实的脚丫子踩住这只说大话的小虫，高声说道："你讲得那么可怕，今天我倒要来看看，我们究竟是谁厉害！"

说大话的毒蜘蛛在还没有被踩扁之前，不停地做垂死挣扎，在农夫的脚底上狠狠地咬了一口。可是农夫并没有痛苦地挣扎，只觉得好像是被什么东西轻轻地碰了一下而已。

★智慧感悟★

口出狂言，惹是生非之人从来都是自讨苦吃。社会上其实有不少

蜘蛛式的人物，他们本领不大，却妄自尊大，常常为了一些鸡毛蒜皮的小事，蓄意挑起事端，甚至恶语伤人、动手打人，这种人最终只会惹祸上身。

郭威推功

后汉隐帝时，大将郭威曾任两军招慰安抚命。他领兵平定以李守贞为首的三镇（河中、永兴、凤翔）割据后，回到了京都大梁。

郭威入朝拜帝，皇上对他进行嘉奖，赐予金帛、衣服、玉带等一大堆奖品，郭威一一加以推辞，道："为臣自领命以来，仅仅攻克一座城池，有什么功劳可言呢！况且我又领兵在外，而镇守京城，供应所需，使前方不缺粮，这都是朝中大臣的功劳啊。"后来，后汉隐帝又提出加封郭威为地方藩镇，郭威还是不受："宰相位在臣上，未曾分封藩镇，还有节度使也有功劳。"后汉隐帝越发觉得郭威淡泊名利，十分难得，打算再赏赐他，郭威第三次推辞道："运筹策划，出于朝廷；发兵供粮，来源藩镇；冲锋陷阵，出于将士，功独归臣，臣何以堪之！"

★智慧感悟★

风光不可占尽，宜分他人一杯羹。你要表述自己，先要倾听别人；你要成为公众的焦点，先要学会把光环让给别人。这时，你的内心会升起一种奇妙的平静感，你的成功自然昭示着一种无须声张的厚度，你会越来越受人欢迎。

拉磨的千里马

它俩都给主人干活儿：驴拉磨，马驮着主人周游四方。但是，驴却经常遭到马的羞辱。

吃饭的时候，马第九十九次辱骂驴说："没出息的家伙，一天到晚，围着一个石磨转来转去。眼睛还被蒙着，瞎走瞎忙。这样活着有什么意思？不如早点死了熬驴胶吧！"

驴再也忍受不了马的侮辱，伤心地大哭着跑走了。第二天，主人发觉驴不见了，便把马套到磨上。

马说："我志在千里，怎么能为您拉磨呢？"

"可我要吃面啊！没有驴，总不能囫囵吃麦粒呀！"说着，主人蒙住了马的眼睛，并在它的屁股上重重地给了一掌。

马无可奈何地跟驴一样围着磨转起圈来。

才拉了一天磨，马就感到头昏脑涨，浑身酸疼得受不住了。它在地上打了一个滚儿，长长地出了一口气说："唉！没想到驴干这活儿也不容易呀！今后再评论别人一定要先换到它的位置上试试再说。"

智慧感悟

理解别人，并能够站在别人的立场上设身处地地去为别人着想，重视不同个体之间的差异，以及不同人眼中看到的不同的世界，这样的人才能真正做到虚怀若谷，才能在社会交往中游刃有余、左右逢源。

以貌取人的哈佛校长

很久以前，哈佛的校长因为一次错误判断，付出了很大的代价。

一对老夫妇，女的穿着一套褪色的条纹棉布衣服，而她的丈夫则穿着便宜的西装，也没有事先约好，就直接去拜访哈佛的校长。

校长的秘书在片刻间就断定这两个乡下人不可能与哈佛有业务来往。

老先生轻声地说："我们要见校长。"

秘书很礼貌地说："他一整天都很忙！"

女士回答说："没关系，我们可以等。"

过了几个钟头，秘书一直不理他们，希望他们知难而退，自己走开。他们却一直在那里等。

秘书终于决定告知校长："也许他们跟您讲几句话就会走开。"

校长不耐烦地同意了。

校长很傲慢而且心不甘情不愿地面对这对夫妇。

女士告诉他："我们有一个儿子曾经在哈佛读过一年，他很喜欢哈佛，他在哈佛的生活很快乐。但是去年，他出了意外而死亡。我丈夫和我想在校园里为他建立一座纪念物。"

校长并没有感动，反而觉得很可笑，粗声地说："夫人，我们不能为每一位曾读过哈佛而后死亡的人竖立雕像。如果我们这样做，我们的校园看起来就会像墓园一样。"

女士说："不是，我们不是要竖立一座雕像，我们想要捐一栋大楼给哈佛。"

校长仔细地看了一下他们的条纹棉布衣服及粗布便宜西装，然后吐一口气说："你们知不知道建一栋大楼要花多少钱？我们学校的每栋建筑物都超过 750 万美元。"

这时，女士沉默了。校长很高兴，总算可以把他们打发了。

这位女士转向她丈夫说："只要 750 万美元就可以建一栋大楼？我们为什么不建一座大学来纪念我们的儿子？"

就这样，斯坦福夫妇离开了哈佛，到了加州，创立了斯坦福大学，以此来纪念他们的儿子。

智慧感悟

以貌取人是一种势利和愚蠢的表现。以貌取人收获最多的就是蔑视和嘲笑。当你以一种居高临下的眼光打量他人的时候，别人也会以相同的态度回赠与你。

抬高自己就是孤立自己

安德森是个非常优秀的青年，头脑一向很聪明，在大学期间是令人羡慕的"学习尖子"。或许正是因为他太优秀了，所以其他人在他眼里简直不值一提。

他是一个特立独行的人，时时感到自己是鹤立鸡群。不仅周围的同学他看不上眼，连一些教授他也不放在心上，因为他们讲的课程对安德森来说实在太简单了。

学业上的优秀使安德森逐渐形成了一种优越感，因而在人际交往上常常变得极为挑剔，容不得别人有一点儿毛病。一次，有位同学向他借了一本书，书还回来时弄破了一点儿，虽然那位同学一再向他表示歉意，但安德森仍然无法原谅他。尽管碍于面子他当时什么话也没说，然而从那以后他再也不愿理睬那个借书的同学了。

渐渐地，安德森成了其他同学眼中的怪人，大家不敢再和他交往，甚至不愿意和他交往。当然，这种"集体排斥"并没有阻碍安德森在学业上的成功。

安德森的功课门门都很优秀，年年都获得奖学金，还曾代表学校参加过国际性竞赛并获得了奖项。许多老师和学生都一致认为他是一个难得的"天才"。

数年寒窗苦读后，安德森以优异的成绩毕业，顺利进入一家待遇优厚的大公司。他心中对未来充满了憧憬，准备干出一番轰轰烈烈的事业来。

不过，上班后的生活远远不像在学校里那样简单，每天都少不了和上司、同事、客户等各种各样的人打交道，安德森对此感到十分厌烦。原因在于他在与人交往时仍然抱着那种挑剔的心理，一旦与人接触就对他人的弱点非常敏感。

毕竟安德森太优秀了，很少有人能够和他相提并论。他对别人的挑剔越来越严重，逐渐发展成对他人的厌恶。他讨厌那些平庸的同事、低能的上司，有时甚至说不清对方有什么具体的缺陷，但他就是感觉不对劲。

长此以往，安德森与周围人的关系搞得很紧张，彼此都感到很别扭。他经常与同事闹得不可开交，也往往因一些微不足道的小事而与上司发生龃龉。

终于有一天，安德森彻底变成了一个无人理睬的闲人了。尽管他确实很有才干，但上司却不再派给他任何任务，同事们也像躲避瘟疫一样远离他。在走投无路之际，他被迫写了一份辞职书，结果马上得到批准。

随后，安德森又到别处应聘，可是一连换了四五家单位，竟然没有一处令他感到满意。这位原本前途远大的青年，心情变得越来越苦闷，日益形单影只。在巨大的痛苦煎熬下，他的精神逐渐崩溃，最后被送入了一家精神病医院。

智慧感悟

一个人太把自己当回事了就容易挑三拣四、忘乎所以、刚愎自用，并且在与人相处时会吹毛求疵。这样的人，即便本领再高强，也不会受人尊敬、被人重用。因此，做人应能够把自己融入到人群中去，不要刻意凸显什么，这样才能为自己赢得好人缘。

不要好为人师

两只从出生就生活在笼子里的鹦鹉，每天隔着铁栅栏，用可怜的眼光打量那些从眼前飞来飞去的麻雀，它们以为眼前的栅栏，是围那些飞来飞去的麻雀而不是围自己的。

有一天，两只鹦鹉再也忍不住了，其中一只说："我说，伙计，那些被栅栏隔离的麻雀们是多么的可怜。"

"是呀，它们生活在与世隔离的世界里，被栅栏围着，这简直是对生命的摧残。"另一只鹦鹉附和道。

"我说，伙计，我们得帮帮麻雀们。"

"是呀，得帮帮它们。"

"可怎么帮呢？隔着栅栏，我们无法靠近它们。"

"是呀，怎么帮呢？"

两只鹦鹉争来议去，想不出任何拯救麻雀的办法。争论声引来了一只麻雀。麻雀用好奇的目光打量笼子里这两只鹦鹉，问："可怜的鸟儿呀，你们有什么要求吗？"

"呸，这话该我问你们麻雀呢！你们长期关在铁栅栏内，一点儿不觉得闷吗？你们麻雀为什么不想办法打碎栅栏，像我们一样生活呢？"

鹦鹉百思不得其解，又加入了一点儿愤愤不平。

"不知你们是真不懂还是在装神弄鬼。"麻雀说完，自由自在地飞走了。

智慧感悟

"好为人师"是为人处世的一大忌讳。"好为人师"的人处处遭人厌恶。正确的做法是，与其"好为人师"招惹麻烦，不如去"拜人为师"求自己成长。这样你不仅会赢得他人的尊重，也能填补自己的不足。

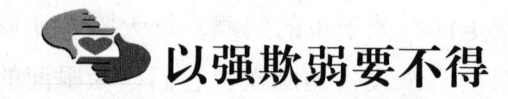

以强欺弱要不得

高傲的老鹰每次出去捕食野鸭，总会憋上一肚子气，因为那些野鸭每次都要和它捉迷藏，把它当作傻瓜来戏弄。到了关键时刻，野鸭们就一头钻入水中，它们在水底下潜游的时间，比老鹰盘旋在空中等它们露出水面的时间还要长。常常把老鹰气得七窍生烟，搞得筋疲力尽。

高傲的老鹰又气又恨，感到自己受到了莫大的羞辱，它下决心一定要好好地整治一下这些可恶又可恨的野鸭子。

这一天早上，老鹰带着满腔的怒气，很早就来到野鸭经常出没的大湖边。它张开翅膀，在空中盘旋了一阵子，仔细观察了地形，精心地挑选好要攻击的野鸭。

野鸭们也看到了老鹰的到来，但它们毫不畏惧，故伎重演，有意在湖面上尽情地嬉闹，引逗老鹰。

突然，这高傲的食肉鸟就像投石器射出的石块迅速地俯冲下来，企图一举抓获选定的目标。没想到野鸭的反应比它还要快，它迅速把头一钻，"扑通"一声潜到水里去了。

"这次我绝不放过你啦！"老鹰愤怒地叫道，盯住野鸭翻起的水花扑下水去。

野鸭见老鹰中了自己的圈套，心里暗自高兴。它轻轻一摆尾巴，迅速钻出水面，张开双翼，若无其事地飞到空中，准备观看老鹰的狼狈相。

老鹰的羽毛不像野鸭那样有防水的功能，它一钻入水中，全身的羽毛很快就被湖水泡湿了。它拼命地挣扎，想赶紧浮上水面，飞到空中去逮住那可恶的野鸭。无奈，浑身的羽毛全湿透了，怎样也飞不起来了。

野鸭高高兴兴地在空中自由地飞翔着。当它从老鹰的上空掠过时，嘲弄地对它说道："再见了，高傲的老鹰！我能够飞上你的天空，而你在我的水底下，却只有被淹死的能耐！但愿你日后能够变得聪明一点儿。"

智慧感悟

在社会生活中，一个人不管实力再强，都不该仗恃自己在某一方面的才能和优势，随意欺凌别人，要知道，以强欺弱的人，是从来都不会有什么好下场的。

颍考叔之灾

郑庄公准备伐许。战前，他先在国都组织比赛，挑选先行官。众将一听加官晋爵的机会来了，都跃跃欲试，准备一显身手。

第一项是击剑格斗。众将都使出浑身解数，只见短剑飞舞，盾牌晃动，场面壮观不已。经过轮番比试，选出了6个人来，参加下一轮比赛。

第二项是比箭，取胜的6名将领各射3箭，以射中靶心者为胜。第5位上来射箭的是公孙子都。他武艺高强，年轻气盛，向来不把别人放在眼里。只见他拈弓搭箭，3箭连中靶心。他像一只斗胜的公鸡，昂着头，轻蔑地瞟了最后那位射手一眼，退下去了。

最后那位射手是个老人，胡子有点花白，他叫颖考叔，曾劝郑庄公与母亲和解，郑庄公很看重他。颖考叔上前，不慌不忙，"嗖嗖嗖"3箭射击，也连中靶心，与公孙子都射了个平手，驳得众人一片喝彩。

这一局只剩下两个人了，郑庄公派人拉出一辆战车来，说："你们二人站在百步开外，同时来抢这部战车。谁抢到手，谁就是先行官。"公孙子都轻蔑地看了一眼自己的对手，拼命地向前奔跑而去。哪知跑了一半时，公孙子都却脚下一滑，跌了个跟头。等爬起来时，颖考叔已抢车在手。公孙子都哪里服气，提了长剑就来夺车。郑庄公忙派人阻止，宣布颖考叔为先行官。公孙子都为此怀恨在心。

此后，在进攻许国都城时，颖考叔果然不负众望，手举大旗率先从云梯上冲进许都城头。眼见颖考叔大功告成，公孙子都嫉妒得心里发疼，竟抽出箭来，搭弓瞄准城头上的颖考叔射去，一下子把颖考叔射了个"透心凉"，从城头栽下来。另一位大将瑕叔盈以为颖考叔被许兵射中阵亡了，忙拿起战旗，又指挥士卒冲城，终于拿下了许都。处世锋芒太露的颖考叔终落了个被人陷害的下场。

★智慧感悟★

木秀于林，风必摧之；人浮于众，众必毁之。人若获得了一定的权势、地位、声誉，往往因此遭受更多的猜忌、打击和迫害。故而，人在风光尽显之时，若能居安思危，以低调的"厚甲"保护自己，不失为明哲保身、化险为夷的良策。

从修车工到汽车大王

当亨利·福特还是一个修车工人的时候，并没有想过自己以后要成为一个叱咤风云的大人物。有一次刚领了薪水，他兴致勃勃地到公司附近的一家高档餐厅去吃饭。然而他在餐厅里坐了很长时间却没有一个服务生来招呼他。最后，还是餐厅中的一个服务生看到亨利·福特独自一人坐了那么久，才勉强走到桌边，问他是不是要点菜。

亨利·福特满脸堆笑，赶快点头称是，服务生却一脸不屑地将菜单丢在他的桌子上。亨利·福特刚打开菜单，看了几行，就听见服务生用轻蔑的语气说道："菜单不用看得太详细，你只适合看右边的部分（意指价格），左边的部分（意指菜色），你就不必费神去看了！"

亨利·福特惊愕地抬起头来，目光正好看到服务生脸上不耐烦的表情，这让福特觉得十分生气。恼怒之余，他不由自主地便想点最贵的大餐，但转念又想起口袋中那一点点可怜微薄的薪水。不得已，咬了咬牙，亨利·福特只点了一个汉堡。

服务生从鼻孔中"哼"了一声，傲慢地收回亨利·福特手中的菜单。口中虽然没有再说话，但脸上的表情却很清楚地让亨利·福特明白："我就知道，你这穷小子，也只不过吃得起汉堡罢了！"

在服务生离去之后，亨利·福特并没有因为花钱受气而继续恼恨不休。他反倒冷静下来，仔细思考，为什么自己总是只能点自己吃得起的食物，而不能点自己真正想吃的大餐。

从此以后，亨利·福特立下志向，要成为社会中顶尖的人物。在这种信念的激发下，亨利·福特终于由一个普通的修车工变成世人皆知的汽车大王。

智慧感悟

生活中，我们常常会遭遇一些白眼和冷遇，面对这些冷遇，与人争一时之气是幼稚的行为。明智的做法是将心中的不满化为奋发向上的动力，以实际的成就击败他人的势利之举。

与人方便，自己方便

有一个家属院，南北长约二三里路，家属院的东边是一条公路，公路与家属院中间隔着一片沿街商业楼，对面有学校、医院、市场。人们从家属院到公路对面，必须绕一个大弯，每天都要多走不少冤枉路。后来，家属院东边的沿街楼来了一家开海鲜酒店的，很多人都说这老板肯定得赔本，因为这个地方虽然靠公路，却并不留人，做买卖的在这个地段几乎都不挣钱。但这个老板却有自己的想法，他不仅在这儿开酒店，还把这个店面也买了下来，并开始装饰房子。令人奇怪的是，他把其中一间房子的墙给砸开了，改成一个家属院通往公路的过道。住在家属院的人上班下班接孩子都开始走这条过道。老板很和气，慢慢地和大家都成了朋友。在他那儿放些东西、留个话儿，有时孩子放学家里没人便在那儿等着做作业，老板一概热情接待，并且规定凡是家属院里的人来吃饭一律九五折。谁也不承想到这家酒店的生意会那么好，每天到吃饭的时候，门前的车停不下，就停到别的地方去；有时桌子没了，可还是在那儿等。这样的店，这样的生意，在这个城市里也是少有的。有人说是菜好吃，有人说是服务好，反正大家都爱到那儿去，有时在别的地方办完事，大老远的还得到这儿来吃饭。

老板挣了一些钱的时候，就把这个店面卖了，去租了一家大型饭店，买这个店面的老板依旧开着海鲜酒店。刚开业时，他也进行了装修，所不同的是，他把先前那个老板砸开的墙又给砌了起来，酒店便多了一个单间。新来的老板人很精明，凡是有利于生意的事，他都努力去做，但不知怎么，生意却并不好，渐渐地门前冷落车马稀，生意一天天衰败了。眼看就要关门了，老板不甘心，就去问原来的老板。他说："我和你是在一个位置开酒店，我的厨师不比你的厨师差，为什么你挣钱，我却赔钱？"原来的老板笑了笑，拍了拍他的肩膀说："你应该牢牢记住钱是装在别人口袋里的。"老板回去想了半夜，终于恍然大悟，第二天便叫人把那面墙给砸开了。

哈佛校长查尔斯·伊里特博士因为拥有许多朋友，而成为一位受人尊重的杰出大学校长。他在学生问他为何有那么多朋友的时候时说："真心地付出，努力为对方付出你宝贵的时间，付出你的精力，诚心诚意地去帮助他人。"

★智 慧 感 悟★

没有人能够过绝对孤独的生活。在社交关系网络中，要用自身的魅力和人格去赢得众多的朋友。给别人行个方便，力所能及地帮助别人，你的生活会更加愉悦，成功也会离你更近。

任何时候都要给别人留有余地

狮子发现了一只小鹿，便凶狠地向它扑去。小鹿见状，撒腿就跑，不料慌忙之中，掉入了一口井里。井口离地面很高。小鹿在井水里拼命扑腾着，想跳到地面上来。

狮子跑了过来，见状便捡起一根木棍，趴在井边，使劲地捣井中的小鹿。小鹿逃生不得，情急之中紧紧地抱住了木棍，想抓住木棍爬上来。狮子大为恼火，它拼命往回抽木棍，想摆脱小鹿，哪知小鹿却死死抓住木棍不放。狮子急了，为了抽回木棍，它便把身子往前倾了倾，却没想到由于身体失重，自己也一下子掉进了水井里。

智慧感悟

真正打败对手不是让其消失或将其逼向绝路，而是让其变成自己的朋友。这是一种生存的大智慧，也是一种豁达。与人留余地就是给自己留余地，千万不要"赶尽杀绝"，否则你随时都有翻船的可能。

第二章

苦等一副好牌，不如打好手中的差牌

> 已往发生的事我们无力挽回或更改，我们能做的只有接受它的存在，这才是基本的事实。不过，我们仍可以选择用什么样的方法面对它，以及怎么解决它。
>
> 成功之路难免坎坷和曲折，有些人把逆境和挫折作为退却的借口，也有人在逆境和挫折面前寻得复活和再生的机会。无论境况如何，只有永葆青春的朝气和活力，用理智去战胜不幸，用坚持去战胜失败，我们才能真正成为命运的主宰，成为掌握自身命运的强者。

在不幸中坚持把牌打下去

1955年，18岁的金蒙特已经是全美国最年轻，也是最受喜爱的知名滑雪选手。

她的名字出现在大街小巷，她的照片也成为各大杂志的封面，美国人民都看好金蒙特，认为她一定能替美国夺得奥运会的滑雪金牌。

然而，一场悲剧却使金蒙特的愿望成了泡影。

在奥运会预选赛最后一轮的比赛中，因为雪道特别滑，金蒙特一不小心从雪道上摔了下去。

当她在医院中醒来时，发现自己虽然保住了性命，但是，肩膀以下的身体却永远瘫痪了。

金蒙特十分努力地想让自己从瘫痪的痛苦中跳出来，因为她知道人活在世界上只有两种选择：奋发向上，或是从此意志消沉。

最后，金蒙特选择了奋发向上，因为她对自己的能力仍然坚信不疑。

有好几年的时间，她的病情处于时好时坏的状况，但是她从来没有放弃过追求有意义的生活。

几经艰难，金蒙特学会了写字、打字、操纵轮椅和自己进食，同时她也找到了今后人生的新目标：成为一名教师。

因为她行动不便，所以当她向教育学院提出教书的申请时，系主任、校长和医生们都认为以金蒙特的身体状况，实在不适合当教师。

可是，金蒙特想要当教师的信念十分坚定，她并没有因为遭到歧视和反对就宣告放弃。

她仍然持续地接受康复治疗，也不断努力地念书，终于在1963年受到华盛顿大学的教育学院聘请，实现了她当教师的愿望。

第二章　苦等一副好牌，不如打好手中的差牌

★智慧感悟★

已经发生的事我们无力阻止，我们能做的只有接受它的存在。虽然我们无法选择拒绝，我们却可以选择用什么样的方法面对和解决它。总之，厄运是把双刃剑，要么它把你一剑削平，要么你成为运用它的主人。

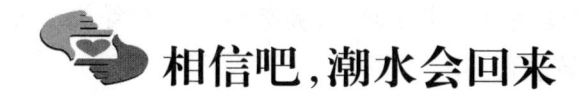

相信吧，潮水会回来

一名建筑工人在一次施工中意外受了重伤，双腿被截肢。他伤心、消极，试图放弃过生命，被救了过来。他的精神状态仍然令人担忧。

有一天，市艺术展览馆为一位残疾画家举办一次画展，家人决定陪他去参观。

在展览大厅一角，他被其中一幅水彩画深深地打动了：画上面是一片金色的海滩，上面搁浅着一条老船。在它那瘦骨嶙峋的筋骨上，刻满了岁月的沧桑。那稍稍倾侧的船体下，则只有一小洼清水。然而，在画面上却写着一行非常有力的字："相信吧，潮水会回来！"

从这幅画中，他感觉到有一股无形的力量在震撼着他，使他的眼睛湿润了，他很想知道是什么样的人会画出这样震撼人心的作品。管理员告诉他，画的作者是一名年逾古稀的残疾老人，他已经在病床上与病魔抗争了十几年。

这名建筑工人再一次被老画家的精神感动了，他让家人陪他去拜访那位老者。

当他来到那位老者的家里时，老画家正躺在床上，用两个枕头垫着后背，守着画板作画。然而，在老者那枯瘦的面孔上，见不到丝毫痛苦的神情。老者放下画笔，热情地与建筑工人打招呼，面带笑容。

在交谈中,他坦诚地对老者说:"见到你之后,我忽然开始为自己以前的怯懦而感到羞耻。"

分别之时,打动了建筑工人的那幅画被作为礼物送给了他。

在这幅画的鼓舞下,这名建筑工人开始自学设计,后来,他设计了许多有名的建筑,成为一名优秀的建筑设计师。

智慧感悟

生命的船或许会因为各种原因暂时搁浅,但不应该就此停止航行。遇到逆境时,坚信潮水一定会回来,并努力为返航寻找动力,就可以在面临困难时依旧笑看人生。

将劣势转化为优势

一位神父要找3个小男孩,帮助自己完成主教分配的1000本《圣经》销售任务。

神父觉得自己只能完成300本的销售量,于是他决定找几个能干的小男孩卖掉剩下的700本《圣经》。神父对于"能干"是这样理解的:口齿伶俐,小男孩必须言辞美妙,让人们欣喜地做出购买《圣经》的决定。于是按照这样的标准,神父找到了两个小男孩,这两个小男孩都认为自己可以轻松卖掉300本《圣经》。可即使这样,还有100本没有着落。为了完成主教分配的任务,神父降低了标准,于是第三个小男孩找到了,给他的任务是尽量卖掉100本《圣经》,因为第三个男孩口吃得很厉害。

5天过去了,那两个小男孩回来了,并且告诉神父情况很糟糕,他们俩总共只卖了200本。神父觉得不可思议,为什么两个人只卖掉了200本《圣经》呢?正在发愁的时候,那个口吃的小男孩也回来了,他没有剩下一本《圣经》,而且带来了一个令神父激动不已的消息:他的一个顾客愿意买他剩下的所有《圣经》。这意味着神父将能卖掉超过 1000 本的《圣经》，神父将更受主教青睐。

神父彻底迷惑了。被自己看好的两个小男孩让自己失望，而当初根本不当回事的小结巴却成了自己的福星，神父决定问问他。

神父问小男孩："你讲话都结结巴巴的，怎么这么顺利就卖掉我所有的《圣经》呢？"小男孩答道："我……跟……见到的……所有……人……说，如……果不……买，我就……念《圣经》给他们……听。"

小男孩知道自己的缺点就是口吃厉害，所以他顺势将自己的缺点转化成了优点。顾客们都很害怕听见一个口吃厉害的人读上一段《圣经》，而这是一个虔诚的教徒所不能拒绝的，于是他的《圣经》卖得精光。而且在卖《圣经》的过程中，有位顾客被他的精神打动了，就打算买下他剩下的所有《圣经》。

所以，有的时候缺点不一定是件坏事，如果引导得好，就能把缺点转化为优点。

☆ 智 慧 感 悟 ☆

在逆境之中，一个人要善于把自己的劣势转化为优势，这样才能为自己开拓人生的新局面。

《思想者》的诞生

如果你确定了值得你一生追求的理想，就不必在意他人的意见，而且无论遇到多大的挫折，都不要放弃，那么最终定能收获喜悦。

奥古斯特·罗丹，19 世纪法国伟大的雕塑家，西方近代雕塑史上继往开来的一代大师，他的雕塑作品《思想者》是现代世界最著名的塑像。

罗丹出生于巴黎拉丁区的一个公务员家庭。父亲一直希望罗丹能掌握一门手艺,过殷实的生活。但是罗丹从小醉心于美术,为此,父亲曾撕毁罗丹的画,将他的铅笔投入火炉。罗丹的功课很差,上课时也在画画,老师曾用戒尺狠狠地打他的手,使他有一个星期不能握笔。在姐姐的资助下,罗丹上了一所工艺美校,在此,他学习了绘画和雕塑的一些基本知识,并立下志向要当一名雕塑家,并把雕塑作为自己的使命。

罗丹去报考著名的巴黎美专,可能是由于他的作品太不合主考者的品味,一连三次都没有被录取。罗丹遭到如此挫折,决心再也不报考官方的艺术学校了。不久,一直资助他的姐姐病逝,罗丹心灰意冷,决心进修道院去赎罪。后来,在修道院院长的鼓励下,罗丹重新树立起从事艺术的志愿,于半年后离开了修道院。

在罗丹几乎丧失信心的时候,他在工艺美校时的老师勒考克一直鼓励着他。同时他遇到了他的模特儿兼伴侣罗丝,开始了他的创作生涯。

罗丹创作的头像《塌鼻人》遭到了学院派的轻视,但罗丹仍夜以继日地工作着。他曾在比利时和雕塑家范·拉斯堡合作,稍稍有了一点儿积蓄。利用这点钱,罗丹访问了意大利的佛罗伦萨、罗马等地,研究了那里保存的各个时期的艺术大师的作品。这次游历使罗丹获得极大的收获,回布鲁塞尔后就创作出了精心构制的作品《青铜时代》。

由于雕像过于逼真,罗丹竟被指控从尸身上模印。罗丹百般申辩,经过官方长时间的调查,才证明这确系罗丹的艺术创作,一场风波就此平息,而罗丹的名声也由此传开了。

从比利时回到法国,罗丹的创作已开始受到上流社会的承认。1880年,他接受政府的委托,为筹建实用美术博物馆设计大门。罗丹以意大利诗人但丁《神曲》中的《地狱篇》为题材,构思了规模宏大的《地狱大门》。这件作品整个创作前后费时达20年,最后也没有正式完成,但部分构思却在别的作品中有了体现。

1891年,罗丹受法国文学协会之托制作的巴尔扎克纪念像再一次遭到非议,一些人认为作品太粗陋草率,像一个裹着麻袋片的醉汉。文学协会在舆论哗然之下,拒绝接受这个纪念像。

但是在1900年巴黎三国博览会上,一个专设的展厅陈列了罗丹的171件作品,成为艺术界的盛举。成千上万的人涌来观看《地狱之门》《巴尔扎克》《雨果》等,来自世界各国的艺术家和社会名流纷纷向罗丹表示祝贺和敬意。罗丹在法国之外的世界获得了极大的声誉,各国博物馆争相购买他的作品,以至能得到罗丹的作品成为一时的时髦事。罗丹终于获得了成功。

1904年,罗丹被设在伦敦的国际美术家协会聘为会长,罗丹的荣誉达到了一生的顶点。

光环之下的罗丹并未就此止步,他唯一的生命便是雕塑。罗丹开始雕塑比真人还大一倍的《思想者》。罗丹亲身感受到脱离了兽类之后的思想者承受的压力,他通过塑像来表现这种拼搏的伟大。这是罗丹最后一部史诗性的作品,当塑像完成后,他也筋疲力尽了。

罗丹的成功得益于他的坚毅与执着,他没有因为"权威们"的否定而动摇自己对雕塑的梦想。成功的道路上从来都是鲜花与荆棘并存,没有谁会一帆风顺,即使是我们眼中的"幸运儿",也不会总是在"幸运"中度过一生。《思想者》的诞生是对挫折与嘲讽的反抗,如果当初罗丹没有坚持自己的奋斗,而是在多数人的否定下也自我否定,那就不会有今日伟大作品的诞生!

因此说,《思想者》是关于坚毅和梦想的传奇。

智慧感悟

冰心说过:"成功的花,人们只惊羡她现时的明艳,然而当初她的芽儿,浸透了奋斗的泪泉,洒遍了牺牲的血雨。"风风雨雨是生活的必然,坠落低谷总是难免,每每这种关头,需要的是你独自咬牙拼搏,而当你吃尽苦头的时候,你也会看到硕果累累的辉煌盛景。

勤能补拙

世界上的雄辩家有很多都是最初被认为说话笨拙的人，狄里斯就是其中一个。

狄里斯生于公元382年，在西欧被称为"历史性的雄辩家"。据说，曾经他的声音很低，且呼吸短促，口齿不清，旁人经常听不懂他在说些什么。

不过，他的知识非常渊博，因此他的想法也相当深奥，很擅长分析事理，几乎无人能出其右。

当时，在狄里斯的祖国首都雅典存在很严重的政治纷争。因此，能言善辩的人格外受到重视，一向能先提出时代潮流和趋势的狄里斯，认为自己缺乏说话技巧是很不合时宜的。于是他做了一番充分的考虑，并且准备好演讲的内容，从容走上了演讲台。

但是，很不幸的是，他失败了。原因就在于他的声音很低，且呼吸短促，口齿不清，以至于别人无法听清楚他所说的话。但是，狄里斯并不灰心，他反而比过去更努力，训练自己的胆量和意志力。

他每天都跑到海边去，对着浪花拍打的岩石大声喊叫；回家以后，又对着镜子看自己说话时的口型，作发音练习，一直持续不辍。狄里斯就这样努力了好几年，直到他27岁时，终于再度走上讲台向众人演讲。

辛苦的努力总算有了成果。他这次演讲得到了许多的喝彩与掌声，而狄里斯的名气也就这样打响了。

谁不梦想着成功、荣誉，但让人遗憾的是总有元帅与士兵的区别。拿破仑说："不想当元帅的士兵，不是好士兵。"但是如何才能当上元帅呢？任何一位功成名就的人都知道，勤奋是通往荣耀之门的必经之路。

一些自诩聪明的人，最后竟然不如"大智若愚"的人所取得的成就。究其原因，小聪明的人是"聪明反被聪明误"，他们仗着自己的"小聪明"，不再努力，于是被那些"不太聪明"的人甩在了身后。

也总有一些眼红他人机遇好的人,但别人的机遇果真全是靠走运得来的吗?恐怕未必。有多少辛勤的汗水,就有多少丰硕的果实。

智慧感悟

"勤能补拙是良训,一分辛苦一分才。"勤奋可以让我们每个人都获得以前没有的才干,勤奋可以让我们每个人都发现一些真知灼见。一个勤奋的人必定能够战胜困难,取得超越自我的成就。

比别人更努力

美国《商业周刊》的记者采访某知名企业家:"你成功的秘诀是什么?"

"比别人更努力!"

"其实呢?"

"比别人更努力!"

"最后呢?"

"比别人更努力!"

由此,你也得到成功的答案了吧——比别人更努力!

努力是成功的捷径之一,而且是想成功必须付出的代价。你要想成功,要想做得更好更出色,你就必须比别人付出更多的努力,否则,成功不一定属于你。

有些人总是很羡慕他人突然像彗星一样闪亮,却忽视了他人在能够发光之前所下的功夫、所忍受的寂寞、所挨过的苦难。这些人之所以能跑得快一些,是因为他们所付出的努力比别人更多。

有一位教授曾讲起过他的经历:"在我多年的教学实践中,发觉有许多在校时资质平凡的学生,他们的成绩大多在中等或中等偏下,没有特殊的天分,有的只是安分守己的诚实性格。他们平凡无奇,毕业分手后,老师、同学们都不太记得他们的名字和长相。但毕业几年、十几年后,他们却带着成功的事业来看老师,而那些原来看似有美好前程的孩子,却一事无成。这是怎么回事?"

老教授常与同事一起琢磨,最后得出一个结论:成功与在校成绩并没有什么必然的联系,但和踏实的性格密切相关。平凡的人比较务实,比较能自律,比别人更努力,所以许多机会能落在这种人身上。平凡的人如果加上勤能补拙的特质,成功之门必会向他大方地敞开。

智慧感悟

成功的人永远比他人做得更多,当一般人放弃的时候,他还在努力;当别人享受休闲的乐趣时,他还在努力;当别人正躺在床上呼呼大睡时,他还在努力。

一个值得我们永远记住的哲理是:成功永远不在于一个人知道了多少,而在于他努力了多少。

厄运不会长久

厄运的最大弱点就是它不会长久。因此,当你正遭受厄运的打击时,一定要相信幸福很快就会来临。

一位名人说过:"没有永久的幸福,也没有永久的不幸。"厄运虽然令人忧愁、令人不快,甚至打击一个人几年、十几年,但厄运也有它的"致命弱点",那就是它不会持久存在。

那些在生活中遭受接二连三打击的人,不要总是哀叹自己"命运不济",你一定要相信——厄运不久就会远走,转运的一天迟早会到来。

宾夕法尼亚州匹兹堡有一个女人,她已经35岁了,过着平静、舒适的中产阶层的家庭生活。但是,她突然连遭四重厄运的打击。丈夫在一次事故中丧生,留下两个小孩。没过多久,一个女儿被烤面包的油脂烫伤了脸,医生告诉她孩子脸上的伤疤终生难消,母亲为此伤透了心。她在一家小商店找了份工作,可没过多久,这家商店就关门倒闭了。丈夫给她留下一份小额保险,但是她耽误了最后一次保费的续交期。因此,保险公司拒绝支付保费。

遭遇一连串不幸事件后,女人近乎绝望。她左思右想,为了自救,她决定再做一次努力,尽力拿到保险补偿。在此之前,她一直与保险公司的下级员工打交道。当她想面见经理时,一位多管闲事的接待员告诉她经理出去了,她站在办公室门口无所适从。就在这时,接待员离开了办公桌。机遇来了,她毫不犹豫地走进里面的办公室,结果,看见经理独自一人在那里。经理很有礼貌地问候了她。她受到了鼓励,沉着镇静地讲述了索赔时碰到的难题。经理派人取来她的档案,经过再三思索,决定应当以德为先,给予赔偿,虽然从法律上讲公司没有承担赔偿的义务。工作人员按照经理的决定为她办了赔偿手续。

但是,由此引发的好运并没有到此中止。经理尚未结婚,对这位年轻寡妇一见倾心。他给她打了电话,几星期后,他为寡妇推荐了一位医生,医生为她的女儿治好了病,孩子脸上的伤疤被清除干净了;经理又通过在一家大百货公司工作的朋友给寡妇安排了一份工作,这份工作比以前那份工作好多了。不久,经理向她求婚。几个月后,他们结为夫妻,而且婚姻生活相当美满。

智慧感悟

易卜生说:"不因幸运而故步自封,不因厄运而一蹶不振。真正的强者,善于从顺境中找到阴影,从逆境中找到光亮,时时校准自己前进的目标。"任何时候,都不要因厄运而气馁,厄运不会时时伴随你,阴云之后,阳光很快就会来临。

自我控制的力量

有一名矿工在塌方的矿井下待了8天后被人们救了上来。与他一同被困的5个同伴都没有他的处境艰难，却都没有生存下来。

其实这名生还的矿工并不知道自己在矿井里待了多久。他后来回忆说，当时发现塌方，心中十分慌乱、绝望，但他很快控制住情绪，安慰自己说："不要紧，井上面的人肯定会下来救助我的。"正好那天他很累，就躺在木板上睡觉。醒来后，他在坑道里来回走动，仔细听有没有外面传来的声音。

这样的情形不知过了多长时间，除了水滴声，坑道里静得出奇。他毫无办法，就唱歌给自己听，然后给自己鼓掌喝彩。然后他就笑，觉得挺好玩儿的。唱累了，他又躺在木板上睡觉，幻想着他喜欢的女子、爱吃的食物，希望能在梦中看见这些。

再次醒来时，他又竖起耳朵听，渐渐的，一些他盼望中的声音出现了，他喜悦地向发出声音的地方跑去，大喊大叫，希望引起注意。但是，这些声音有点儿怪，只要他发出什么声音，那边很快就能出现同样的声音，原来是回声。时而恐惧，时而平静，时而绝望，时而欣慰……他一直在与自己的内心作斗争。为了控制住自己的情绪，他想方设法，除了唱歌、讲故事、幻想美好食物，他还坚持在坑道里玩射击游戏——将一片木板插在壁上，然后在黑暗中向它扔煤块，如果听到"啪"的一声，就是打中了。他规定自己只有打中一百次才允许睡觉。

他不知道多长时间没吃饭了，口袋里有个拳头大的糯米团是他的寄托。他每次都是数着米粒吃它，目前已经吃了367粒。他在回忆时说："坑道里有水，口袋里有糯米团，更重要的是，我坚信人们会来救我，我绝不能害怕，绝不能发疯，绝不能自杀，我一定要控制住自己……"

第二章 苦等一副好牌，不如打好手中的差牌

他是在梦中听见响动的，然后他就看见洞口射进刺眼的光芒。他紧紧地捂住眼睛，但仍然感觉光是那么强。当他确信自己得救时，一下子就软了……

★智慧感悟★

这名生还的矿工以他绝境求生的事迹告诉我们：当我们身处困境时，仅仅依靠外界的救助是远远不够的，重要的还有我们的自救。我们虽无法控制灾难，但我们能控制自己；我们虽无法预料事情的开始，却能控制事态的结束——从某种意义上看，人是通过控制自己，才控制了他的整个世界。

一切都会过去

古希腊有一位国王，拥有至高无上的权势、享用不尽的荣华富贵，但他并不快乐。他可以主宰自己的臣民，却难以操控自己的情绪，种种莫名其妙的焦虑和忧郁不时让他闷闷不乐、寝食难安。

于是，他召来了当时最负盛名的智者苏菲，要求他找出一句人间最有哲理的箴言，而且这句浓缩了人生智慧的话必须有一语惊心之效，能让人胜不骄、败不馁，得意而不忘形、失意而不伤神，始终保持一颗平常心。苏菲答应了国王，条件是国王要将佩戴的那枚戒指交给他。

几天后，苏菲将戒指还给了国王，并再三劝告他：不到万不得已，别轻易取出戒指上镶嵌的宝石，否则，它就不灵验了。

没过多久，邻国大举入侵，国王率部下拼死抵抗，但最终整个城邦沦陷于敌手，于是，国王四处亡命。

有一天，为逃避敌兵的搜捕，他藏身在河边的茅草丛中，当他掬水解渴，猛然看到自己的倒影时，不禁伤心欲绝——谁能相信如今这

个蓬头垢面、衣衫褴褛的人，就是那个曾经气宇轩昂、威风凛凛的国王呢？

就在他双手掩面，欲投河轻生之际，他想到了戒指。他急切地抠下了上面的宝石，只见宝石里侧镌刻着一句话——这也会过去！

顿时，国王的心头重新燃起希望的火花。从此，他忍辱负重、卧薪尝胆，重招旧部并东山再起，最终赶走了外敌，赢回了王国。

而当他再一次返回王宫时，所做的第一件事便是将"这也会过去"这句五字箴言，镌刻在象征王位的宝座上。

后来，他被誉为最有智慧的国王而名垂青史。据说，在临终之际，他特意留下遗嘱：死后，双手空空地露出灵柩之外，以此向世人昭示那句五字箴言。

智慧感悟

一切苦难都是暂时的，一切逆境都是可以忍受的。

不管生活给了我们多少挫折与变故，只要我们依旧保留着不灭的信念，充满希望地生活，我们的人生就总有意义，我们的生命就不会枯竭，我们的未来就绝不是梦想。

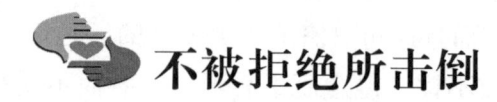

不被拒绝所击倒

有一个孩子非常喜欢拉小提琴，他7岁时就和旧金山交响乐团合作演奏了门德尔松的小提琴协奏曲，未满10岁就在巴黎举行了公演，被人们誉为神童。

1926年，10岁的小男孩在父亲的带领下，来到巴黎拜访艾涅斯库，他一心想成为艾涅斯库的学生。

他说："我想跟您学琴！"艾涅斯库冷漠地回答："你找错人了，我从来不给私人上课!"男孩坚持说:"但我一定要跟您学琴,求您先听听我拉琴吧!"艾涅斯库说:"这件事不好办,我正要出远门,明天早晨6点半就要出发!"男孩忙说:"我可以提早一个小时来,在您收拾东西时拉给您听,好吗?"

艾涅斯库被男孩的坚决打动了,他说:"那好吧,明早5点半到克里希街26号,我在那里等你。"

第二天早晨6点钟,艾涅斯库听完了男孩的演奏。他兴奋而满意地走出房间,对等候在门外的男孩的父亲说:"我决定收下你的儿子。不用付学费,他给我带来的快乐完全抵得过我给他的好处。"

男孩从此成为艾涅斯库的学生,他努力学琴,最终学有所成。他就是后来世界著名的小提琴演奏家梅纽因。

★ 智慧感悟 ★

当我们遭到拒绝时,心中就如同被撕裂一个伤口般疼痛不堪,不要畏缩,更不可放弃。要知道,只有不被拒绝击倒,才会享受到清甜可口的成功果实。

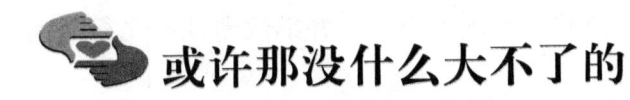

或许那没什么大不了的

如果一个人在46岁的时候,因意外事故被烧得不成人形,4年后又在一次坠机事故后腰部以下全部瘫痪,他会怎么办?再后来,你能想象他变成百万富翁、受人爱戴的公共演说家、扬扬得意的新郎官及成功的企业家吗?你能想象他去泛舟、玩跳伞,在政坛角逐一席之地吗?

米契尔全做到了,甚至有过之而无不及。在经历了两次可怕的意外事故后,他的脸因植皮而变成一块"彩色板",手指没有了,双腿如此细小，无法行动，只能瘫坐在轮椅上。

意外事故把他身上65%以上的皮肤都烧坏了，为此他动了16次手术。手术后，他无法拿起叉子，无法拨电话，也无法一个人上厕所，但以前曾是海军陆战队队员的米契尔从不认为他被打败了。他说："我完全可以掌握我自己的人生之船，我可以选择把目前的状况看成倒退或是一个起点。"6个月之后，他又能开飞机了。

米契尔为自己在科罗拉多州买了一幢维多利亚式的房子，另外，还买了房地产、一架飞机及一家酒吧。后来，他和两个朋友合资开了一家公司，专门生产以木材为燃料的炉子，这家公司后来变成佛蒙特州第二大私人公司。坠机意外发生后4年，米契尔所开的飞机在起飞时又摔回跑道，把他胸部的12块脊椎骨全压得粉碎，腰部以下永远瘫痪。"我不解的是为何这些事老是发生在我身上，我到底是造了什么孽？要遭到这样的报应？"

但米契尔仍不屈不挠，日夜努力使自己能达到最大限度的独立自主。他被选为科罗拉多州孤峰顶镇的镇长，以保护小镇的美景及环境，使之不因矿产的开采而遭受破坏。米契尔后来也竞选国会议员，他用一句"不只是另一张小白脸"的口号，将自己难看的脸转化成一项有利的资产。

尽管面貌骇人、行动不便，米契尔却坠入爱河，且完成了终身大事，也拿到了公共行政硕士学位，并继续着他的飞行活动、环保运动及公共演说。

米契尔说："我瘫痪之前可以做1万件事，现在我只能做9000件，我可以把注意力放在我无法再做好的1000件事上，或是把目光放在我还能做的9000件事上。告诉大家，我的人生曾遭受过两次重大的挫折，如果我能选择不把挫折拿来当成放弃努力的借口，那么，或许你们可以用一个新的角度来看待一些一直让你们裹足不前的经历。你可以退一步，想开一点儿，然后你就有机会说：'或许那没什么大不了的。'"

第二章 苦等一副好牌，不如打好手中的差牌

智慧感悟

很多时候，一个人的苦乐成败，不在于外物的左右，而在于自己的心态和看待世界的角度。如果你用悲伤的眼光看待生活，那么你的生活就会暗无天日；如果你用乐观的眼光看待世界，那么你就会发现，生活到处隐藏着成功与幸福的玄机。

第三章

成长比成功更重要

在追求成功的道路上，小赢要靠智，而大赢要靠德。做事与做人如同硬币的两面，二者紧密相连。做事是我们行走人生之根本，而做人则是我们立身为人之底线。

一个人如果没有过硬的品质，那他必将失败。不仁爱者，最终不会被人爱戴；贪财者，最终会被财伤身。做事一时的成功，不能称为真正的成功；做人的成功，才是真正的成功。做任何事，莫过于人品的指引；只有塑造过硬的人品，才能赢得根基牢固的成功。

真实的高度

有一天，大仲马得知自己的儿子小仲马寄出的稿子总是碰壁，就告诉小仲马说："如果你能在寄稿时，随稿给编辑们附上一封短信，说'我是大仲马的儿子'，或许情况就会好多了。"

小仲马断然拒绝了父亲的建议，他说："不，我不想坐在你的肩头上摘苹果，那样摘来的苹果没味道。"

年轻的小仲马不但拒绝以父亲的盛名做自己事业的敲门砖，而且不露声色地给自己取了十几个其他姓氏的笔名，以避免那些编辑把他和大名鼎鼎的父亲联系起来。

面对那些冷酷而无情的退稿笺，小仲马没有沮丧，仍然坚持创作自己的作品。他的长篇小说《茶花女》寄出后，终于以其绝妙的构思和精彩的文笔震撼了一位资深编辑。这位知名编辑曾和大仲马有着多年的书信来往。他看到寄稿人的地址同大作家大仲马的丝毫不差，便怀疑是大仲马另取的笔名，但作品的风格却和大仲马的截然不同，带着这种兴奋和疑问，他迫不及待地乘车造访大仲马家。

令他大吃一惊的是，《茶花女》这部伟大的作品，作者竟是大仲马名不见经传的儿子小仲马。

"您为何不在稿子上署上您的真实姓名呢？"老编辑疑惑地问小仲马。

小仲马说："我只想拥有真实的高度。"

老编辑对小仲马的做法赞叹不已。

《茶花女》出版后，法国文坛书评家一致认为这部作品的价值大大超越了大仲马的代表作《基督山伯爵》，小仲马一时声名鹊起。

智慧感悟

一个人的价值只有通过自己的勤劳和才智才能够证明。我们要捍卫自身独立的尊严，要通过实实在在的成绩去证实和展示自己，而不是靠外在的荣耀，来往自己脸上贴金。

名副其实的冠军

有一次，阿根廷著名的高尔夫球手罗伯特·德·温森多赢得一场锦标赛，捧得了金灿灿的奖杯。领到支票后，当他微笑着从记者的重围中出来，到停车场准备回俱乐部时，一个年轻的、愁容满面的女子向他走来，她向温森多表示祝贺后，就说起她可怜的孩子病得很重——也许会死掉，而她却不论如何也付不起昂贵的医药费和住院费。

温森多被她的讲述深深打动了。他二话没说，掏出笔在刚赢得的支票上飞快地签了名，然后塞给那个女子。

"这是这次比赛的奖金，足够付得起孩子的医药费和住院费。祝可怜的孩子好运。"他说道。

一个星期后，温森多正在一家俱乐部进午餐，一位职业高尔夫球联合会的官员走过来，问他一周前是不是遇到一位自称孩子病得很重的年轻女子。

"是停车场的孩子们告诉我的。"官员说。

温森多点了点头。

"哦，对你来说这是个坏消息，"官员说道，"那个女人是个骗子，她根本就没有什么病得很重的孩子，她甚至还没有结婚哩！温森多，你让人给骗了！我的朋友。"

"你是说根本就没有一个小孩子病得快死了？"

"是这样的,根本就没有。"官员答道。

温森多长嘘了一口气。"这真是我一个星期来听到的最好的消息。"温森多说。

最好的消息是什么呢?每个人的标准和答案都不尽相同。女子的讲述,奖金不再属于自己,但如果能够挽救一个孩子,也是值得的。这应该是温森多当初所想。然而,获知被骗后,想到的却不是自己的钱被骗了,而是孩子的生命没有遭受过危险,这位高尔夫球冠军的胸襟与心地可见一斑。

智慧感悟

真正的冠军,不仅属于赛场、属于竞技。能够赢得品质、内心的正义,才称得上真正的冠军,因为他是人生的冠军,赢得了生命的尊重。

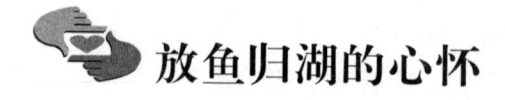

放鱼归湖的心怀

在奥普多湖的中心岛上,一个 11 岁的男孩常常坐在他家小屋前的码头旁静心于湖中的垂钓。

在开禁钓鲈鱼的头天晚上,他和父亲很早就来到了湖边,撒出蛆虫来诱钓鲈鱼和翻车鱼。孩子把银白色小饵食穿在渔钩上掷往湖中。在落日的余晖里,渔钩激起阵阵多彩的涟漪,水波又随着月亮的照射荡漾起圈圈银光。

当渔竿被有力地牵动时,孩子明白水底下有个大东西上钩了。父亲在一旁赞赏地看着儿子敏捷纯熟地沿着码头慢慢收钩。

孩子小心翼翼,终于把一条精疲力竭的大鱼提出了水面。呵!这是他见到过的最大的一条鱼!是条鲈鱼。

父子俩兴奋异常地瞧着这条大鱼，月光下隐约可见鱼鳃还在翕动呢。父亲划根火柴看看手表，整 10 点——离开禁时间还差两小时。

父亲看看鲈鱼，又看看儿子，终于说："孩子，你必须把鱼放回湖里去。"

"爸爸！"儿子不禁叫了起来。

"我们还能钓得到其他的鱼。"

"哪里能钓得到这么大的一条！"儿子大声嚷着。

与此同时，孩子举目环视，朗朗月光下见不着任何钓鱼人和捕鱼船，他又眼巴巴地盯住了父亲。尽管此时此刻没有任何人看见他们，也不会有谁知道他是什么时候钓到这条鱼的，但是从父亲坚定的语调里孩子明白父亲的决定毫无通融的余地。他只好慢慢地从大鲈鱼口中拔出渔钩，将它放回到深深的湖里。鲈鱼扑腾扑腾摆动了一下，它壮实的躯体便销声匿迹了。儿子满腹惆怅，他想他再也不会钓到这么大的鱼了。

事情过去几十年了，现在那个孩子已成为纽约一位功成名就的建筑师。他父亲的小屋仍然伫立在湖心小岛上，而今已为人父的他也常带着自己的儿女到当年的码头来领略钓鱼的情趣。

他没有说错，他再也没有钩到过那天晚上那么大的令人爱不释手的鱼。然而，在现实生活的为人处世中，每当遇到有悖于良心道德的事情时，他眼前总是会一次又一次地浮现出那条难忘的大鲈鱼。

★ 智 慧 感 悟 ★

放鱼归湖是一种境界，一种高尚的境界，能否时刻遵守内心正直的道德底线将成为考验我们人格的试金石。让正直为你的人格导航吧。它将引领你绕开前进途中的种种暗礁，让你顺利地行驶在人生的旅途上。

南风和北风

法国作家拉封丹曾写过这样一则寓言：

南风和北风为了争论谁更强大而吵了起来。北风说："我们来比试比试吧。看见那个穿大衣的老先生了吗？谁让他更快地脱下大衣，谁就更强大。我先来。"

于是，北风朝着那老人呼呼地吹起来。风越吹越大，最后大得像一场飓风。可老人随着风的变大，反而把大衣裹得更紧了。

北风放弃了，他渐渐停了下来，气馁地看着南风。

这时，南风用温暖的微笑看着老人，暖风轻轻吹过，不久，老人就觉得热了，他脱掉了大衣。

南风对北风说道："看到了吧，温暖和友善比暴力要来得更为强大。"

智慧感悟

温暖和友善比暴力要来得更为强大。当你与别人争吵或者发生冲突的时候，不妨在心中想一想这句话，以温和的态度对待争执，矛盾就会在你友善的态度中消融了。

林肯的胡子

在美国第16任总统林肯的故居里，挂着他的两张画像，一张有胡子，一张没有胡子。在画像旁边的墙上贴着一张纸，上面歪歪扭扭地写着：

亲爱的先生：

我是一个 11 岁的小女孩，非常希望您能当选美国总统，因此请您不要见怪我给您这样一位伟人写这封信。

如果您有一个和我一样的女儿，就请您代我向她问好。要是您不能给我回信，就请她给我写吧。我有 4 个哥哥，他们中有两人已决定投您的票。如果您能把胡子留起来，我就能让另外两个哥哥也选您。您的脸太瘦了，如果留起胡子就会更好看。所有女人都喜欢胡子，那时她们也会让她们的丈夫投您的票。这样，您一定会当选总统的。

格雷西

1860 年 10 月 15 日

在收到小格雷西的信后，林肯立即回了一封信。

我亲爱的小妹妹：

收到你 15 日的来信，非常高兴。我很难过，因为我没有女儿。我有 3 个儿子，一个 17 岁，一个 9 岁，一个 7 岁。我的家庭就是由他们和他们的妈妈组成的。关于胡子，我从来没有留过，如果我从现在起留胡子，你认为人们会不会觉得有点可笑？

忠实地祝愿你

亚·林肯

第二年 2 月，当选的林肯在前往白宫就职途中，特地在小女孩的城市韦斯特菲尔德车站停了下来。他对欢迎的人群说："这里有我的一个小朋友。我的胡子就是为她留的。如果她在这儿，我要和她谈谈。她叫格雷西。"这时，小格雷西跑到林肯面前，林肯把她抱了起来，亲吻她的面颊。小格雷西高兴地抚摸他的又浓又密的胡子。林肯对她笑着说："你看，我让它为你长出来了。"

智慧感悟

做事谦和方能赢得尊重。生活中有很多成功的人,他们越有成就就越谦和。他们谦卑之时,也就是他们最高贵之时。事实上,伟大的生活基本原则就包含在最普通的日常生活中,谦和地对待一切人和事,是伟大胸襟的反映。

钓鱼的诀窍

感情是在相互的施与爱中产生的,如果你能主动伸出善意的手,它马上会被无数同样善意的手握住。

两个钓鱼高手一起到鱼池垂钓。这两人各凭本事,一展身手,隔不了多久的工夫,都大有收获。忽然间,鱼池附近来了十多名游客。看到这两位高手轻轻松松就把鱼钓上来,不免感到几分羡慕,于是都去附近买了一些钓竿来试试自己的运气如何。没想到,这些不擅此道的游客,怎么钓也是毫无成果。

那两位钓鱼高手,个性相当不同。其中一人孤僻而不爱答理别人,单享独钓之乐;而另一位高手,却是个热心、豪放、爱交朋友的人。爱交朋友的这位高手,看到游客钓不到鱼,就说:"这样吧!我来教你们钓鱼,如果你们学会了我传授的诀窍,而钓到一大堆鱼时,每10条就分给我1条,不满10条就不必给我。"双方一拍即合,很快达成了协议。

教完这一群人,他又到另一群人中,同样也传授钓鱼术,依然要求每钓10条回馈给他1条。一天下来,这位热心助人的钓鱼高手把所有时间都用于指导垂钓者,获得的竟是满满一大篓鱼,还认识了一大群新朋友,同时,左一声"老师",右一声"老师"地被人围着,备受尊崇。

同来的另一位钓鱼高手，却没享受到这种服务人们的乐趣。当大家围绕着其同伴学钓鱼时，那人更显得孤单落寞。闷钓一整天，检视竹篓里的鱼，收获也远没有同伴的多。

★智慧感悟★

生活中，你分享得越多，给予得越多，你就拥有越多。自私的人往往会回收更多的自私，而与人分享的人却能获得更多的分享。把你的热心与人分享，你就会收获到更多的热心；把你的乐趣与人分享，你就会品尝到更大的乐趣。

技术顾问

遵守诺言就像保卫你的财富一样重要，一旦失去了信用就会一无所有。

比利刚当上公司技术部的经理，接受一个客户的邀请共进晚餐。在饭桌上，客户对比利说："只要你把公司里最新产品的数据资料给我，我会给你很好的回报，怎么样？"

比利站了起来，气得满脸通红："不要再说了！我绝不会出卖我的良心做这种见不得人的事，我不会答应你的任何要求。"

"好，好，好。"客户不但没生气，反而颇为欣赏地拍拍比利的肩膀："这事儿就当我没说过。来，干杯！"

不久，发生了一件令比利很难过的事，他所在的公司因经营不善破产了。比利失业了，没过几天，他突然接到客户的电话。

比利疑惑地来到客户的公司，出乎意料的是，客户热情地接待了他，并且拿出一张大红聘书——请比利去公司做技术顾问。

比利惊呆了，喃喃地问："你为什么这样相信我？"

客户哈哈一笑说："小伙子，你的技术水平是出了名的，你的正直更让我佩服，你是值得我信任的那种人！"

智慧感悟

有些人开始步入人生时，常常错误地认为一个人的信用是建立在金钱基础上的。一个有钱有势的人不一定有信用，因为再雄厚的资本也不等于信用。与百万财富比起来，高尚的品格、精明的才干、吃苦耐劳的精神要高贵得多。

留学生的名声

一个中国留学生到日本一家餐馆洗盘子以赚取自己的生活开支。日本的餐饮业有一个不成文的行规，即餐馆的盘子必须用水洗上6遍。洗盘子的工作是按件计酬的，刚开始，中国留学生又累又脏却只能赚到一点儿钱，后来，他想到了一个办法：在洗盘子时少洗一两遍。果然，这样一来，工钱自然迅速增加。一起洗盘子的日本学生向他请教技巧。他得意地说："少洗1遍。洗了6遍的盘子和洗了5遍的有什么区别吗？"日本学生听后，却与他渐渐疏远了。

一天，老板抽查他洗的盘子，发现只清洗了5次并责问他时，他却理直气壮地说："洗5遍和洗6遍不是一样干净吗？"老板只是淡淡地说："你是一个不诚实的人，请你离开。"

于是，他到另一家餐馆应聘洗盘子。对方打量了他半天说："你就是那位只洗5遍盘子的中国留学生吧，对不起，我们不需要你！"奇怪的是，他到每一家餐馆去打工时大家都毫无例外地拒绝了他。

后来，他的房东也要求他退房，原因是他的"名声"对其租房的工作产生了不良影响。而且，他就读的学校也希望他能转到其他学校去，因为他影响了学校的声誉。最后，他只好无奈地收拾行李离开了日本。

智慧感悟

一个人的诚信度越高，越能成功地打开局面，事业就做得越好。所以，一个人必须重视自己的诚信度。生活总是照顾那些诚信的人，说谎是最不好的习惯。人生要成功，必须要改变说谎这一致命的弱点。

诗人与钟表匠

有一位才华出众的年轻诗人，创作了很多抒情诗篇，可是他却很苦恼。因为人们都不喜欢读他的诗。这到底是怎么一回事呢？

年轻的诗人从来不怀疑自己的创作才华。于是，他去向父亲的朋友——一位老钟表匠请教。

老钟表匠听后一句话也没说，把他领到一间小屋里，里面陈列着各式各样的名贵钟表。这些钟表，诗人从来没有见过。有的外形像飞禽走兽，有的会发出鸟叫声，有的能奏出美妙的音乐……

老人从柜子里拿出一个小盒，把它打开，取出了一只式样特别精美的金壳怀表。这只怀表不仅式样精美，更奇异的是，它能清楚地显示出星象的运行、大海的潮汛，还能准确地标明月份和日期。这简直是一只"魔表"，世上到哪儿去找呀？诗人爱不释手。他很想买下这个宝贝，就开口问表的价钱。老人微笑了一下，只要求用这宝贝，换下青年手上的那只普普通通的表。

诗人对这块表真是珍爱至极，吃饭、走路、睡觉都戴着它。可是，不久他便到老钟表匠那儿要求换回自己原来的那块普通的手表。老钟表匠故作惊奇，问他对这样珍异的怀表还有什么感到不满意。

青年诗人遗憾地说："它不会指示时间，可表本来就是用来指示时间的。我戴着它不知道时间，要它还有什么用处呢？有谁会来问我大海的潮汛和星象的运行呢？这表对我实在没有什么实际用处。"

老钟表匠微微一笑，把表往桌上一放，拿起了这位青年诗人的诗集，意味深长地说："年轻的朋友，让我们努力干好各自的事业吧。你应该记住：怎样给人们带来用处。"

诗人这时才恍然大悟，从心底里明白了这句话的深刻含义。

★ 智慧感悟 ★

人生的精彩不在于你做什么，而在于你是否能够成为一个有用的人，并为自己的存在而骄傲。被人们认为迄今为止最有智慧的人的杰出代表——爱因斯坦，曾告诉我们："不要努力去做一个成功的人，而要努力去做一个有价值的人。"他不仅为我们指明了人生发展的取向，而且也教会了我们一种正确对待人生的方式。

低调做人是做人的最佳姿态

一天，林肯和大儿子罗伯特乘马车上街，街口被路过的军队堵塞了。林肯开门踏出一只脚来，问一位看热闹的人："这是什么？"意思是哪个部队，对方以为他不认识军队，答道："联邦的军队呗，你真是他妈的大笨蛋。"林肯说了声"谢谢"，关闭车门，严肃地对儿子说："有人在你面前说老实话，这是一种幸福。我的确是一个他妈的大笨蛋。"

有一次，一个小伙子坐在陆军部的大楼前，林肯见了问他干什么，小伙子回答："我在前方打仗受伤，来领军饷，他们不理我，那狗婊子养的林肯现在也不来管我了。"林肯听了,安详地问他:"你有证件吗?我是个律师,看你的证件是否有效。"小伙子递过证件,林肯看完说:"你到308号房间找安东尼先生,他会帮助你办理一切。"

小伙子进了陆军部大楼,看门人问他:"你刚才和谁讲话了?"

"跟一个自称律师的臭老头儿。"

"什么臭老头儿,他是总统!"

智慧感悟

低调做人,是一种品格,一种姿态,一种风度,一种修养,一种胸襟,一种智慧,一种谋略,是做人的最佳姿态。欲成事者必须要低调处世、宽容待人,进而为人们所接纳、赞赏、钦佩,这正是人能立世的根基。

得饶人处且饶人

北宋名将狄青和猛士刘易之间有一段这样的故事:

有一年,狄青要出守边塞,好友韩将军向他推荐了一名猛士刘易。刘易熟知兵法,善打硬仗,对狄青守卫的那段边境的情况非常熟悉。但是刘易有个嗜好,就是特别爱吃苣荬菜,一顿饭吃不到就会呼天喊地、骂不绝口,甚至还会动手打人,士兵、将领都有点怕他。

刘易和狄青一起到边塞后忙于军务,每天早起晚睡,从内地带的苣荬菜很快就吃完了,而边塞又见不到这种野菜。这天,士兵送来的菜里没有苣荬菜,刘易便把盛饭菜的器皿扔到地上,并在军营中大闹不止。士兵将此事报告给狄青,狄青听了非常生气。

狄青考虑,与这种性格刚烈的人发生正面冲突,不仅破坏了自己与韩将军的朋友关系,而且会影响刘易的情绪;如果放任不管,势必会动摇军心，影响戍边大业。

于是，狄青出面好言安抚刘易，并立即派人回内地去取苣荬菜。一部分将领见到这种情况，非常不服气，说狄将军骁勇善战，屡建奇功，而刘易何德何能，却要狄将军放下军务派人去给他弄苣荬菜吃。特别气盛的将领还想去与刘易比一比武艺，杀一杀刘易的威风。狄将军急忙劝阻众将说："刘易原来不是我的部下，如果你们与他计较，争强好胜，传出去势必会给敌人以可乘之机。我们现在要加强团结，绝不能争一时之短长。"

这些话传到刘易的耳中时，他非常感动。狄将军派人专程去弄苣荬菜，刘易觉得自己获得了同情和理解；狄将军劝阻众将领勿争强好胜，刘易觉得是真正顾全大局、宽宏大量。在这种情况下，自己不该再给非常忙碌的狄将军添麻烦。

过了几天，刘易懊悔地去找狄青，说："狄将军，您治军严谨，我在韩将军手下时就有耳闻。这次我因一点小事就大吵大闹，您不仅不责怪我，还原谅了我，我一定会报答您。"从此，刘易再也没有为苣荬菜闹过事，并且逢人便夸狄将军的宽广胸怀。

智慧感悟

得理不饶人，往往容易激怒对方。善于处事的人常常更多地体谅别人，巧妙地表达自己的意见，并给人留有余地，不与别人计较一时之短长，这样既可以团结大多数人，又可以在大家的帮助下实现自己的目标。

严格要求自己

高尔基是苏联的大文学家。他处处严格要求自己,以人品和文品为世人做出表率,越发受到人们的尊敬。

有一年冬天,莫斯科远郊的一个小镇上,冰天雪地,寒气逼人。一个阴冷的下午,小镇上唯一的一家剧院门口排起了长长的队伍。镇民穿着厚厚的大衣,高高的皮靴,又长又宽的围巾绕在头颈上,连同嘴巴一块儿裹住了。妇女头上扎着羊毛头巾,男人则戴着毛茸茸的皮帽。看不清每个人的五官,只看见一双双眼睛和一只只鼻子。他们在排队买票,城里话剧院这次到镇上演出的是高尔基的戏剧《底层》。恰巧,高尔基外出开一个文代会,回来时遭遇冰雪封住了铁路,火车停开,所以就在这个小镇临时住了下来。这天他散步经过小镇戏院门口时,发现镇民正排队购买《底层》的票,心想:"不知道镇民对《底层》反映如何?趁着回不了城,不如也坐进戏院,观察观察镇民对该剧的褒贬意见。"心里想着,脚就移向戏院门口的队伍,高尔基也排队买了票。他刚回身走出没多远,只听身后有追上来的脚步声,回头一看,是一位男子跑了过来。那男子跑到高尔基跟前,打量着并谨慎地问道:"您是阿列克塞·马克西莫维奇·彼什科夫同志吧?"

"是,我就是。您——"高尔基好奇地问道,"我是戏院售票组的组长。刚才您买票时,我正在售票房里,我看着您面熟,但您戴着围巾和帽子,我一下子不敢确认是您。您走路的背影,使我越发感到您可能就是高尔基,所以我跑过来问问您。"

"噢,"高尔基和蔼地笑了,他握住售票组组长的手说,"现在,您认出我了。有什么事要我帮忙吗?"

"嗯,没什么。只是,这钱请您收回。"售票组组长从衣兜里掏出钱递给高尔基。

"这是为什么?"高尔基奇怪地问。

"实在对不起,售票员刚才没看清是您,所以让您花自己的钱买了票,现在我来退回给您。请您多包涵!"

"怎么,我不能看这场戏?"高尔基越发奇怪了。

"不,不,不,不是这个意思。这个戏本来就是您写的,您看就不用花钱买票了。"组长解释道。"噢,是这样。"高尔基明白了。他想了想,问售票组组长道:"那布是纺织工人织的,他们要穿衣服就可以不花钱,到服装店去随便拿吗?面包是面粉厂工人把小麦加工制粉后做成的,工人们要吃面包就可以不花钱,到食品仓库里去随便取吗?我想您一定会说,这不行吧。那么,我写的剧本一旦上演,我就可以不论何时何地地到处白看戏吗?"

"这——"售票组组长一时无言以对。"告诉您吧,同志,我们写戏的人,除领导规定的观摩活动以外,自己看戏、看电影,一律都要像普通人一样地照章办事。就像现在,我要看戏,就得买票。"说完,高尔基乐呵呵地笑了起来。

"您真是的,一点儿也没有大文豪的架子。"售票组组长也笑了起来。说着,他们愉快地道别了。

智慧感悟

真正有内涵、有气质的人都是不为名而骄、不为利而奢、不为荣而喜,懂得自制的人。正如高尔基,不为名利所侵扰,时刻都保持着自我本色,这样的人才能拥有永恒的魅力,才能持久地获得他人的敬重。

女郎的拒绝

诺贝尔化学奖的获得者维克多·格林尼亚自幼出生在一个百万富翁家庭,从小就养成了游手好闲、挥金如土、盛气凌人的恶习。但是,在他27岁的时候,却遭受了人生中一次严重的打击。

在一次宴会上,他对一位年轻美貌的巴黎女郎一见钟情。他仗着自己长相英俊,有钱有势,便走上去调情。

没料到这位女郎却冷冰冰地骂道:"请站远一点儿,我最讨厌被花花公子挡住视线。"这让格林尼亚羞愧难当。

格林尼亚认识到自己的浅薄与轻浮,他下定决心要成为一个稳重成熟、受人尊敬的人。他义无反顾地抛弃了舒适的家庭环境,只身一人来到里昂,在那里他隐姓埋名,发奋求学,整天待在图书馆和实验室里。功夫不负有心人,在菲利普·巴尔教授的精心指导和自己的长期努力下,他发明了"格氏试剂",发表学术论文200多篇。1912年,瑞典皇家科学院授予他诺贝尔化学奖。

★智慧感悟★

优越的出身环境并不能为我们赢得尊严,只有靠自己辛勤的劳动和积极向上的进取热情才能实现自己的价值,才能赢得别人的尊重,体现自己的价值。

人生的成败关键在做人

一个早晨，池塘的浅水里留下了许多被昨夜的暴风雨卷上岸来的小鱼。它们被困在浅水里，虽然池塘的深水近在咫尺，却回不去。被困的小鱼有几百条，甚至几千条。用不了多久，浅水洼里的水就会被太阳蒸干，这些小鱼都会干死。

塘边有3个孩子。第一个孩子对那些小鱼视而不见。他想，这水洼里有成百上千条的鱼，以我一人之力根本救不过来，就不要白费力气了。

第二个孩子在第一个水洼边弯下腰去，他拾起水洼里的小鱼，并且用力把它们送到池塘深处。

第一个孩子讥笑第二个孩子："水洼里这么多鱼，你能救得了几条呢？还是省点力气吧。"

"不，我要尽我所能去做！"第二个孩子头也不抬地回答。

"你这样做是徒劳无功的，有谁会在乎呢？"

"这条小鱼在乎！"第二个孩子一边回答，一边不停地捡起小鱼。"这条在乎，这条也在乎！还有这一条、这一条、这一条……"

第三个孩子心里在嘲笑前面两个家伙没有脑子，天上掉馅饼，多好的发财机会呀，干吗不紧紧抓住呢？于是，第三个孩子埋头把小鱼装进用自己的衣服做成的布袋里。

岁月如梭，多年后，第一个孩子做了医生。他当班的时候，因为嫌家属带的钱太少而拒收一位生命垂危的伤者，致使伤者无法得到及时的治疗，亲人只能眼睁睁地看着他死去！迫于舆论压力，医院开除了见死不救的他。

第二个孩子也做了医生。他医术高明，医德高尚，患者不论有钱无钱他都精心施治，成了人们交口称赞的名医。

第三个孩子开始经商,他很快就发了横财。成了暴发户以后,他又用金钱开道,杀入官场,并且一路青云直上,最后,他因贪污受贿事发锒铛入狱。

智慧感悟

做事必先做人,做人是做事的前提和关键,也是事业成败的决定性因素。一个人如果没有过硬的品质,那他必将失败。不仁爱者,最终不会被人爱戴;贪财者,最终会被财伤身。做事一时的成功,不能称为真正的成功;做人的成功,才是真正的成功。

你可以不完美,但不能没原则

二战期间,有一个女孩子流亡海外,无依无靠。幸运的是,她能讲一口流利的英语和法语。所以她被英国特工组织看中,做了英国的特工。

然而她并不适合特工工作,因为她性情急躁,所有的同事都认为,她做间谍无疑是为敌国送上一座秘密的宝矿。果然,几乎所有的训练过程都对她没有用处。

一次,组织上让她拿一份敌国驻军图送给地下交通员。她到了接头地点后,怎么也想不起接头暗号,情急之下,她索性把地图展开,对着来来往往的人群进行试探:"你对这张地图感兴趣吗?"幸好,她很快遇上了两位地下交通员,他们扮作精神病人,迅速地掩盖了这个可怕而致命的错误。

不仅如此,她认为越是繁华的地段越是安全。于是,她自作主张,把秘密电台搬到了巴黎的闹市区,可她不知道,盖世太保的总部就在离她一街之遥的地方。终于在一天夜里,盖世太保们把这个胆大妄为、正在发报的间谍逮捕了。

特工组织后悔不已，如果这个天真的姑娘在盖世太保的刑具下毫无保留地说出一切，那么对在法国的英国特工组织将是一个重创。出乎意料的是，盖世太保们用尽了种种残酷的刑罚，都无法撬开她的嘴。

二战结束后，英国政府追授她乔治勋章和帝国勋章。

这样一个不称职的间谍，获得了英国政府的最高奖赏。对此，官方的解释是：对敌国而言，梦寐以求的是间谍的背叛，这等于无形的巨大宝藏。但这个很笨的女孩儿，至今都没有吐露一个字。一个人做事需要技巧和智慧，但最不能缺少的是原则和信念。这就是一个间谍最本位、最出色的地方，所以我们从没怀疑她是一位优秀的间谍。

她的名字叫努尔，曾是一位印度王族的娇贵女儿。

智慧感悟

原则是一个人做人的底线，就算遇到再大的挑战也不能放弃自己的原则，因为一个人的做人原则是他本色的体现，如果背弃了自己的原则，就等于丢失了自己。

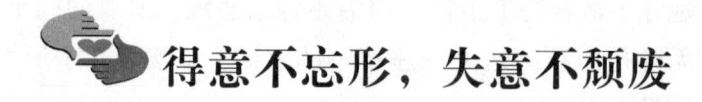

得意不忘形，失意不颓废

唐朝郭子仪爵封汾阳王，王府建在首都长安的亲仁里。汾阳王府自落成后，每天都是府门大开，任凭人们自由进进出出，而郭子仪不允许其府中的人对此加以干涉。有一天，郭子仪帐下的一名将官要调到外地任职，来王府辞行。他知道郭子仪府中百无禁忌，就一直走进了内宅。恰巧，他看见郭子仪的夫人和爱女正在梳妆打扮，而王爷郭子仪正在一旁侍奉她们，她们一会儿要王爷递毛巾，一会儿要他去端水，使唤王爷就好像奴仆一样。这位将官当时不敢讥笑郭子仪，回家后，他禁不住讲给他的家人听，于是一传十，十传百，没几天，整个京城的人都把这件事当成笑话来谈论。郭子仪听了倒没有什么，几个儿子听了却觉得大丢王爷的面子，他们决定对父亲提出建议。

他们相约一齐来找父亲，要他下令关上王府大门，不让闲杂人等出入。郭子仪听了哈哈一笑，几个儿子哭着跪下来求他，一个儿子说："父王功业显赫，普天下的人都尊敬您，可是您自己却不尊重自己，不管什么人，您都让他们随意进入内宅。孩儿们认为，即使商朝的贤相伊尹、汉朝的大将霍光也无法做到您这样。"

郭子仪听了这些话，收敛了笑容，语重心长地说："我敞开府门，任人进出，不是为了追求浮名虚誉，而是为了自保，为了保全我们全家人的性命。"

儿子们感到十分惊讶，忙问其中的道理。

郭子仪叹了一口气，说道："你们光看到郭家显赫的声势，而没有看到这声势有丧失的危险。我爵封汾阳王，往前走，再没有更大的富贵可求了。月盈而蚀，盛极而衰，这是必然的道理。所以，人们常说要急流勇退。可是眼下朝廷尚要用我，怎肯让我归隐。再说，即使归隐，也找不到一块能够容纳我郭府一千余口人的隐居地呀。可以说，我现在是进不得也退不得。在这种情况下，如果我们紧闭大门，不与外面来往，只要有一个人与我郭家结下仇怨，诬陷我们对朝廷怀有二心，就必然会有小人从中添油加醋，制造冤案。那时，我们郭家的九族老小都要死无葬身之地了。"

这时，大家才如梦初醒，明白了郭子仪的良苦用心。

智慧感悟

做人要永远记住花未开满、月未全圆才最好，一旦鲜花怒放就要面临萎谢，所以人得意之时莫忘形，失意之时不颓废，脚踏实地地过好每一天，就会感受到阳光无处不在，快乐无时不有。当回首往事的时候，能感到一份坦然，一份无愧，这样的人生也就不会有任何遗憾。

最大的交易

畅销书作家托尼·希勒获得过美国侦探小说家大师奖。他第一次打工是做农场工，而且受益匪浅。

他14岁时，英格拉姆先生敲响了他们农舍的门。这个老佃农住在马路那头大约1英里的地方，想找人帮助收割一块苜蓿地。这就是他得到的第一份有报酬的工作，1小时12美分。要知道这在1939年已经很不错了，因为他们还处在经济大萧条时期。

一天，英格拉姆先生发现一辆装有西瓜的卡车陷在自家的瓜地中。显然，有人想偷走这些西瓜。

英格拉姆先生说车主很快就会回来的，让托尼在那儿看着，长点儿见识。没过多久，一个在当地因打架和偷窃而臭名昭著的家伙带着两个体格粗壮的儿子出现了。他们看起来非常恼怒。

英格拉姆先生却用平静的口吻说道："哎，我想你们要买些西瓜吧？"

那个男人回答前沉默了很久："嗯，我想是的。你要多少钱一个？"

"25美分1个。"

"好吧，你帮我把车弄出来吧，我看这价格还合适。"

这成了他们夏天里最大的一笔买卖，而且还避免了一场危险的暴力事件。等他们走后，英格拉姆先生笑着对他说："孩子，如果不宽恕敌人，就会失去朋友。"

几年以后，英格拉姆先生去世了，但托尼永远忘不了他，也忘不了第一次打工时他教给自己的东西。

第三章 成长比成功更重要

★智慧感悟★

一句善意的话语，化解了一次危险的暴力事件，同时还做了一笔绝妙的买卖，这不能不说是英格拉姆先生的高明之举、智慧之举。正如英格拉姆先生所言："如果不宽恕敌人，就会失去朋友。"一句理解的话，一个善良的举动，往往能够产生伟大的力量。

救人终救己的丘吉尔

弗莱明是一个穷苦的苏格兰农夫。有一天，当他在田里工作时，听到附近泥沼里有人发出哭声，他赶快跑去，发现一个小孩掉在粪池里，他来不及思量，赶紧跳进去，把这个小孩从死亡边缘救了回来。隔天，有一辆崭新的马车停在农夫家门前，一位优雅的绅士走出来，自我介绍是那个被他救了的小孩的父亲。绅士说："我要报答你，你救了我小孩的生命。"农夫说："我不能因救你的小孩而接受报酬。"就在那时，农夫的儿子从茅屋外走进来，绅士说："我们来个协议，让我带走他，并让他接受良好的教育。假如这小孩像他父亲一样，他将来一定会成为一位令你骄傲的人。"农夫答应了。后来农夫的小孩从圣玛利亚医学院毕业，并成为举世闻名的弗莱明·亚历山大爵士，也就是盘尼西林的发明者，荣获诺贝尔奖。数年后，绅士的儿子染上肺炎，此前，这是一种不治之症，但是，有了盘尼西林，他就得救了。绅士是谁呢？是上议院议员丘吉尔，他的儿子是谁？是英国政治家丘吉尔爵士。

智慧感悟

梵界讲究善恶轮回，因果报应，一个乐于助人的人总能得到更多人的认可和回报。其实在现实生活中，这种所谓的"因果报应"只不过是心存感激的受惠者对施惠者的一种报偿而已。

第四章

生活习惯不是造就你，就是毁掉你

> 拿破仑·希尔说过："习惯能成就一个人，也能够摧毁一个人。"好习惯是成功的基石。它于经年累月中，影响着我们的品德，塑造着我们的思维方法和行为方式，并且左右着我们的成败。所以说，一个人要想有所成就，取得成功，就必须养成良好的习惯。

习惯影响一生

美国有位贫困工人约翰，长期以来养成了抽烟的习惯，最终他也因此受到了惩罚。

有段时期，约翰抽烟抽得很凶。一次他在度假中开车经过法国，而那天正好下大雨，于是他只得在一个小城里的旅馆过夜。当约翰凌晨两点钟醒来时，想抽支烟，可发现烟盒是空的，于是他开始到处搜寻，结果毫无所获。这时的他很想抽烟。然而，如果出去购买香烟要到火车站那边去，大约有6条街以外那么远。因为此时旅馆的酒吧和餐厅早已关门了。他抽烟的欲望越来越大，不断地侵蚀着他。被迫无奈，他决定出去买烟。然而，当他经过路口时，一辆汽车疾驶而过，此时的他已被烟瘾折磨得神志不清，结果被汽车撞倒，还好没有受重伤。

事后，约翰承认，这一切都是烟造成的，如果不是长期养成抽烟的坏习惯，他也许不会得到这样的结果。

智慧感悟

好习惯是一种无形的资产，在你不经意间为你赢得意想不到的价值和惊喜。养成一个好习惯只需要你长期的坚持和自律，换来的却是无价的珍宝。

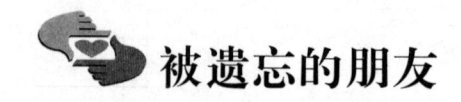

被遗忘的朋友

罗丹的一位奥地利朋友，曾经这样讲述他看到罗丹工作时的情形：

第四章 生活习惯不是造就你，就是毁掉你

"在罗丹的工作室——有着大窗户的简朴的屋子里，有完成的雕像，有许许多多小塑样：一只胳膊，一只手，有的只是一只手指或者指节；他已动工而搁下的雕像，堆着草图的桌子。这间屋子是他一生不断地追求与劳作的地方。

"罗丹罩上了粗布工作衫，就好像变成了一个工人。他在一个台架前停下。

"'这是我的近作。'他说着，把湿布揭开，现出一座女正身像。

"'这已完工了。'我想。

"他退后一步，仔细看着。但是在审视片刻之后，他低语了一句：'这肩上线条还是太粗。对不起……'

"他拿起刮刀、木刀片轻轻滑过软和的黏土，给肌肉一种更柔美的光泽。他健壮的手动起来了，他的眼睛闪耀着。'还有那里……还有那里……'他又修改了一下，他走回去。他把台架转过来，含糊地吐着奇异的喉音。时而，他的眼睛高兴得发亮；时而，他的双眉苦恼地蹙着。他捏好小块的黏土，粘在雕像身上，刮开一些。

"这样过了半点钟，一点钟……他没有再向我说过一句话。他忘掉了一切，除了他要创造的更崇高的形体的意象。他专注于他的工作，犹如在创世之初的上帝。

"最后，带着喟叹，他扔下刮刀，像一个男子把披肩披到他情人肩上那种温存关怀般地把湿布蒙上女正身像。他又转身要走，在他快走到门口之前，他看见了我。他凝视着，就在那时他才记起我，他显然对他的失礼而惊惶：'对不起，先生，我完全把你忘记了，可是你知道……'

"我握着他的手，感谢地紧握着。也许他已领悟我所感受到的，因为在我们走出屋子时他笑了，用手抚着我的肩头。"

★智 慧 感 悟★

遍地撒种不一定遍地开花，要想做好一件事，最好的办法是只专

心做这一件事。生活法则无数次地告诉我们，那些具有非凡毅力、顽强意志的人，经过自己不懈的执着追求，终会换来成功的喜悦，也会赢得世人的崇敬。

鲁班造锯

提起鲁班，很多人都知道。他是我国春秋战国时期的鲁国人。鲁班生于公元前507年。他一家世世代代都是手工工匠，鲁班本人则是一个手艺高超的工艺巧匠、杰出的创造发明家。今天，木工师傅们用的锯、钻、刨子、铲子、曲尺、画线用的墨斗等，传说都是鲁班发明的。而每一件工具的发明，都是鲁班在生产实践中经过反复试验、刻苦钻研而研究出来的。

鲁班发明锯的过程就很有代表性。有一次，鲁国的国王命令鲁班在15天内伐300棵树做梁柱，用来修一座大宫殿。于是，鲁班带着徒弟们上山了。他们每天都起早贪黑地干，可是大家抡着斧头一连砍了10天，个个都累得筋疲力尽，也只是砍了100来棵大树。这时，砖瓦石料都已经备齐了，国王选定动工的黄道吉日也快到了。如果到时木料还没有准备好，就要被处以死刑。怎么办呢？晚上睡觉的时候，鲁班躺在床上睡不着。他爬起身来，深一脚浅一脚地向山上走去。

走着走着，鲁班来到了一个陡坡前，他要翻上这个陡坡就只能用手抓着上面的野草爬上去。就在他向上爬的时候，忽然觉得手被什么东西划了一下，等他来到坡上一看，长满老茧的手居然被划出一道口子，还渗出了血珠。他在周围仔细观察了一番，发现自己的手竟然是被一种野草划的。鲁班很惊奇，他摘了一片草叶，发现草叶边缘长着许多锋利的细齿。这时他又看见一只大蝗虫正张着两个大板牙，很快地吃着草叶。鲁班捉了只蝗虫一看，它的板牙上也有利齿。看看野草的叶子，再看看蝗虫，鲁班的心里豁然开朗。

他用毛竹做了一条竹片，上面刻了很多的锯齿。用它去拉树，只几下，树皮就破了，再一用力，树干就出现一条深沟。可是时间一长，竹片上的锯齿钝了。什么东西比竹片更坚硬呢？鲁班想起了铁。他请铁匠照着自己做的竹片，打了带锯齿的铁条，用它去拉树，真是快极了！这根铁条，就是锯的祖先。有了它，鲁班和徒弟们只用了13天，就伐了300棵树。

试想，如果鲁班没有那种认真的态度，那他就不可能成功。鲁迅曾经说过："即使是天才，在生下来的时候的第一声啼声，也和平常的儿童一样，绝不会是一首好诗。"也就是说任何人在一开始的时候都是平凡的，之所以有的人走向了成功，而有的人平庸一生，原因就四个字"认真细致"。

★智慧感悟

西方有一句谚语是这么说的："要怎么收获，先怎么栽种。"在我们的日常生活中，如果我们养成了认真细致的好习惯，那就等于为将来的成功埋下了一粒饱满的种子，一有机会，这粒种子就会在我们的人生土壤中破土而出、茁壮成长，最终成长为一棵参天大树。

刻苦让梦想变成现实

史蒂芬·斯皮尔伯格在36岁时就成为世界上最成功的制片人，电影史上十大卖座的影片中，他个人囊括四部。他怎么能在这样年轻的年纪里就有此等成就？他的故事实在耐人寻味。斯皮尔伯格在十二三岁时就知道，有一天他会成为电影导演。在他17岁那年的一天下午，当他参观完环球电影制片厂后，他的一生改变了。那可不是一次不了了之的参观活动，在他得窥全貌之后，当场他就决定要怎么做。他先偷偷地观看了一场实际电影的拍摄，再与剪辑部的经理长谈了一个小时，然后结束了参观。

对许多人而言，故事就到此为止，但斯皮尔伯格可不一样，他很有个性，他知道自己要什么。从那次参观中，他知道得改变做法。

于是，第二天，他穿了套西装，提起他老爸的公文包，里头塞了一个三明治，再次来到摄影现场，装作是那里的工作人员。他故意避开大门守卫，找到一辆废弃的手拖车，用一块塑胶字母，在车门上拼成"史蒂芬·斯皮尔伯格""导演"等字。然后他利用整个夏天去认识各位导演、编剧、剪辑，终日流连于他梦寐以求的世界里，从与别人的交谈中学习、观察并产生出越来越多关于电影制作的灵感来。

他终于在20岁那年，成为正式的电影工作者。环球制片厂放映了一部他拍的片子，反响不错，因而与他签订了一纸7年的合同，使他得以导演一部电视连续剧。正是斯皮尔伯格刻苦、努力的习惯，让他的梦终于实现了。

★☆智 慧 感 悟☆★

每个人都有美好的梦想，关键是面对梦想你应该做什么。有人选择等待，有人选择拼搏、奋斗。只有养成勤奋、刻苦的习惯，梦想才不会缥缈，梦想变成现实才不会是奢望。

远离懒惰部落

在远古的时候，有一对朋友，相伴一起去遥远的地方寻找人生的幸福和快乐。一路上风餐露宿，在即将到达目的地的时候，遇到了一条大河，而河的彼岸就是幸福和快乐的天堂。关于如何渡过这条河，两人产生了不同的意见。一个建议采伐附近的树木造一条木船渡过河去，另一个则认为无论哪种办法都不可能渡过这条河，与其自寻烦恼和死路，不如等这条河流干了，再轻轻松松地走过去。

于是，建议造船的人每天砍伐树木，辛苦而积极地造船，并顺带着学会游泳；而另一个则每天躺下休息睡觉，然后到河边观察河水流干了没有。直到有一天，已经造好船的朋友准备扬帆渡河的时候，他的朋友还在讥笑他的愚蠢。

不过，造船的朋友并不生气，临走前只对他的朋友说了一句话："去做每一件事不见得一定都成功，但不去做每一件事则一定没有成功的机会！要想成功，你一定要把得过且过的习惯扔得远远的。"能想到河水流干了再过河，这确实是一个"伟大"的创意，可惜的是，这却仅仅是个注定永远失败的"伟大"创意而已。

这条大河终究没有干，那位造船的朋友经过一番风浪也最终到达了彼岸，而另一个人则终生在原地过着贫乏无味的生活。

智慧感悟

要想改变现状就要养成勇于进取、敢于拼搏的习惯。养成了这种习惯，就会在人生的路上从容洒脱地应对途中的各种障碍，在顺其自然中改变生活。

和时间赛跑

时间正从你的生命中悄悄地流逝。在思考问题的一刹那，光线，确切地说是时间，从你的眼角、你的手指间隙里无声地滑过，而在这一刻里，你没有任何付出，当然也没有得到任何回报：你生命的一小段将被无情地抛弃。

时间对任何人来说都是公平、无私的，每人都能用自己的方式扮演自身所投入的角色，不管他的角色是多么精彩或是多么落魄，时间之手轻轻一挥，便将这些一一抹杀，留下来的只有对往事的记忆。往事是那些印证时间存在过，却不能被我们任何一个人所拥有的东西。当我们回忆往事，那字里行间闪烁的只是想象的光芒，这光芒是虚幻的、不可把握的。往事不会重来，时光不会倒流，生命只有一次。

作家林清玄写过《与时间赛跑》这样一篇文章：

读小学的时候，我的外祖母去世了。外祖母生前最疼爱我。我无法排除自己的忧伤，每天在学校的操场上一圈一圈地跑着，跑得累倒在地上，扑在草坪上痛哭。

那哀痛的日子持续了很久，爸爸妈妈也不知道如何安慰我。他们知道与其欺骗我说外祖母睡着了，还不如对我说实话：外祖母永远不会回来了。

"什么是永远不会回来了呢？"我问。

"所有时间里的事物，都永远不会回来了。你的昨天过去了，它就永远变成昨天，你再也不能回到昨天了。爸爸以前和你一样小，现在再也不能回到你这么小的童年了。有一天你会长大，你也会像外祖母一样老，有一天你度过了你的所有时间，也会像外祖母一样永远不能回来了。"爸爸说。

爸爸等于给我一个谜语，这个谜语比课本上的"日历挂在墙壁，一天撕去一页，使我心里着急"和"一寸光阴一寸金，寸金难买寸光阴"还让我感到可怕，也比作文本上的"光阴似箭，日月如梭"更让我觉得有一种说不出的滋味。

以后，我每天放学回家，在庭院里看着太阳一寸一寸地沉进了山头，就知道一天真的过完了。虽然明天还会有新的太阳，但永远不会有今天的太阳了。

我看到鸟儿飞到天空，它们飞得多快呀。明天它们再飞过同样的路线，也永远不是今天了。或许明天飞过这条路线的，不是老鸟，而是小鸟了。

时间过得飞快，使我的小心眼里不只是着急，还有悲伤。有一天我放学回家，看到太阳快落山了，就下决心说："我要比太阳更快地回家。"我狂奔回去，站在庭院里喘气的时候，看到太阳还露着半边脸，我高兴地跳起来。那一天我跑赢了太阳。以后我常做这样的游戏，有时和太阳赛跑，有时和西北风比赛，有时一个暑假的作业，我十天就做完了。那时我三年级，常把哥哥五年级的作业拿来做。每一次比赛胜过时间，我就快乐得不知道怎么形容。

后来的二十年里，我因此受益无穷。虽然我知道人永远跑不过时间，但是可以比原来跑快一步，如果加把劲，有时可以快好几步。那几步虽然很小很小，用途却很大很大。

如果将来我有什么要教给我的孩子，我会告诉他：假若你一直和时间赛跑，你就可以成功。

智慧感悟

光阴似箭，时间的流逝对于任何人来说都是无情的，但又是公正无私的。养成与时间赛跑的习惯，你才不会被时间抛弃。"与时间赛跑"的意识，可以为你提供前进的动力。就好像运动员在跑道上，如果没有竞争对手，他不会有强大的动力向前跑。如果你一直和时间赛跑，你会取得很多成绩。

管理自己的健康账户

在现实生活中，有很多朋友每天都在"透支"自己的健康。朋朋就是这样一个不会管理自己"健康账户"的人。

朋朋从小就是学校的运动健将，在他的字典里根本没有"生病"两个字，就连最普通的感冒，他也没有得过一次。可是，最近朋朋却因为"身体过于劳累"而住进了医院，这到底是怎么一回事呢？

自从朋朋上了高中，便迷上了玩网络游戏，但繁重的学业并没有给他提供过多的游戏时间，所以朋朋就发挥了"挤"的精神，把自己的睡眠时间挪出来玩游戏，认为自己既不逃学旷课，又没有不按时完成作业，那么总可以任意支配自己的休息时间吧。起初，朋朋只是拿出晚上两个小时的睡眠时间来玩游戏，身体还算勉强吃得消。可最近朋朋为了让自己的游戏积分能增加得快一点，就把两个小时变为了四个小时，甚至有时候还通宵不睡，整夜整夜地玩。

那天，学校要举行一场篮球比赛，运动健将朋朋自然是当之无愧的首发先锋，但原本在篮球场上所向披靡的朋朋，那天却连连失误。原来，前一晚朋朋一夜没睡，整个晚上都泡在游戏里面。所以，在比赛中，朋朋毫无精神，和平时完全判若两人。在下半场快要结束的时候，朋朋突然两眼一黑，"砰"的一声晕倒在了赛场上。

身体像一个银行，健康账户如果被严重透支，银行会垮掉。

俄罗斯有句关于健康的谚语："一切好事都是'0'，唯独健康是'1'。"由此可见健康的重要性，所以大家都要珍惜自己的"1"，并在此基础上争取更多的"0"。

青少年朋友，不要自恃青春年少，便忽略了自己的健康。我们照顾身体50年，它也会照顾我们50年；我们折磨它50年，它也会折磨我们50年。如果将健康当成一个户头，而我们总是透支，不做投资，那么总有一天健康也会破产。

★智慧感悟★

凡是有志成功、有志上进的人，都应该爱惜、保护体力与精力。在一切知识、金钱、地位、荣誉面前，只有拥有健康才能拥有一切，才是最幸福的。学会关注自己，学会保护自己，妥善管理好自己的健康账户，我们才能更好地享受人生。

顺应人体的生物规律

德国哲学家康德活了 80 岁，在 19 世纪初算是长寿老人了。医生对康德做了极好的评述："他的全部生活都按照最精确的天文钟做了估量、计算和比拟。他晚上 10 点上床，早上 5 点起床。接连 30 年，他一次也没有错过点。他 7 点整外出散步，哥尼斯堡的居民都按他来对钟表。"据说康德生下来时身体虚弱，青少年时经常得病。后来他坚持有规律地生活，按时起床、就餐、锻炼、写作、午睡、喝水、大便，形成了"动力定势"，身体从弱变强。生理学家也认为，每天按时起居、作业，能使人精力充沛；每天定时进餐，届时消化腺会自动分泌消化液；每天定时大便，能防治便秘；甚至每天定时洗漱、洗澡等都可形成"动力定势"，从而使生物钟"准时"。谁若违背了这个生物钟，谁就要受到惩罚。

某著名养生专家认为：人体的一切生理活动都是起伏波动的，有高潮也有低潮。人体内有一个"预定时刻表"在支配着这些起伏波动，养生专家称之为"生物钟"。人体血压、体温、脉搏、心跳、神经的兴奋抑制、激素的分泌等 100 多种生理活动，是生物钟的指针，反映了生物钟的活动状态。人体各器官的机能是按"生物钟"来运转的，"生物钟"准点是健康的根本保证，若"错点"则是柔弱、疾病、早衰、夭折的祸根。

良好的作息规律，意味着要顺应人体的生物钟，按时作息，有劳有逸；按时就餐，不暴饮暴食；适应四季，顺应自然；戒除不良嗜好，不伤人体功能；尤其要保证足够的睡眠，保证每天有一定的体育锻炼时间。

有句话说得好："从一点一滴的小事可以看见一个人未来的发展。"一个人要做点事，成就一番事业，没有好的习惯是不行的。严格遵守作息制度，可以使我们在学习时集中精力，因而可以提高效率。因此，生活有规律对学习、工作和保护神经系统以及整个身心健康都很有益处。

智慧感悟

健康是人生的基础，拥有健康你才能享受生命，失去健康，再多的金钱和名誉也不足以令你感到幸福。顺应人体的生物规律，培养良好的作息习惯，既有助于身心健康，又能够锻炼自己的意志，是让你终身受益的宝贵财富。

学会调节生活

曾经有一位医生替一位成就卓越的实业家看病，劝他多多休息。实业家恼火地抗议："我每天承担巨大的工作压力，没有一个人可以分担我一丁点儿的业务，大夫，你知道吗？我每天都得提着一个沉重的手提包回家，里面装的是满满的文件呀！"

"回家就该休息了呀！为什么晚上还要批那么多文件呢？"医生很奇怪地问道。

"那些都是当天必须处理的急件。"实业家不耐烦地回答。

"难道没有人可以帮你忙吗？你的助手、副总呢？"

"不行啊！这些只有我才能正确地批示呀！而且我还必须尽快处理，要不然公司怎么办？"

实业家摆出一副不屑的样子。

"这样吧，我现在给你开个处方，你能否照办？"医生没有理会实业家，似乎心里已经有了决定。

实业家接过处方——"每个星期抽空到墓地走一趟，每天悠闲地散步两小时。"

"每个星期抽空到墓地走一趟？这是什么意思？"实业家看到处方很是惊讶。

"我知道你看了处方会很惊讶，"医生不慌不忙地回答，"我希望你到墓地走一趟，看看那些已经与世长辞的人的墓碑，他们中有许多人生前与你一样，甚至事业做得比你更大，他们中也有许多人跟你现在一样，什么事都放心不下，如今他们全都长眠于黄土之中，然而整个地球的转动还是永恒不断地进行着。谁离开这个世界地球都照样转。我建议你每个星期站在墓碑前好好想想这些摆在你面前的事实，也许会得到一些解脱。"

听到这里，实业家安静了下来，悄悄与医生道别。他按照医生的指示，放缓生活的步调，试着慢慢转移一部分权力和职责。1年后，让他想不到的是这一年企业业绩反倒比以往任何一年都好。

★ 智 慧 感 悟 ★

没有什么事值得你牺牲健康去换取，地球离开谁都会照样转动，你不必把自己看得不可替代。学会放松自己，养成劳逸结合的良好习惯，你才能拥有更高的效率，你才能更长久地享受生活。

习惯之根

一天，一位睿智的老教师与他年轻的学生一起在树林里散步。老教师突然停了下来，并仔细看着身边的4株植物：第一株植物是1棵刚刚冒出土的幼苗；第二株植物已经算得上挺拔的小树苗了，它的根牢牢地盘踞到了肥沃的土壤中；第三株植物已然枝叶茂盛，差不多与年轻学生一样高大了；第四株植物是1棵巨大的橡树，年轻学生几乎看不到它的树冠。

老教师指着第一株植物对他的年轻学生说："把它拔起来。"年轻学生用手指轻松地拔出了幼苗。

"现在，拔出第二株植物。"

年轻学生听从老教师的吩咐，稍加使力，便将树苗连根拔起。

"好了，现在，拔出第三株植物。"

年轻学生先用一只手进行了尝试，然后改用双手全力以赴。最后，树木终于倒在了筋疲力尽的年轻学生的脚下。

"好的，"老教师接着说道，"去试一试那棵橡树吧。"

年轻学生抬头看了看眼前巨大的橡树，想了想自己刚才拔那棵小得多的树木时已然筋疲力尽，所以他拒绝了老教师的提议，甚至没有去做任何尝试。

"我的孩子，"老教师叹了一口气说道，"你的举动恰恰告诉你，习惯对生活的影响是多么巨大啊！"

智慧感悟

拿破仑·希尔说："习惯能成就一个人，也能摧毁一个人。"习惯有时会成为你成功的障碍，让你扔掉握在手里的机会，坏的习惯尤其如此。习惯是一种顽强的力量，它可以左右人的一生。如果你养成了良好的习惯，就等于事业成功了一半；反之，就离失败不远了。

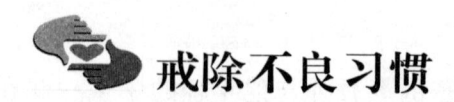

戒除不良习惯

约翰尼·卡特早就有一个梦想——当一名歌手。参军后，他买到了自己有生以来的第一把吉他。他开始自学弹吉他，并练习唱歌，甚至自己创作了一些歌曲。服役期满后，他开始努力工作以实现当一名

第四章　生活习惯不是造就你，就是毁掉你

歌手的夙愿，可他没能马上成功。没人请他唱歌，就连电台唱片音乐节目广播员的职位也没能得到。他只得靠挨家挨户推销各种生活用品维持生计，不过他还是坚持练唱。他组织了一个小型的歌唱小组在各个教堂、小镇上巡回演出，为歌迷们演唱。最后，他灌制的一张唱片奠定了他音乐生涯的基础。他吸引了两万名以上的歌迷，金钱、荣誉以及在全国电视屏幕上露面——所有这一切都属于他了。他对自己坚信不疑，这使他获得了成功。

然而，卡特又接着经受了第二次考验。经过几年的巡回演出，他被那些狂热的歌迷拖垮了，晚上须服安眠药才能入睡，而且还要吃些"兴奋剂"来维持第二天的精神状态。他开始沾染上一些恶习——酗酒、服用催眠镇静药和刺激兴奋性药物。他的恶习日渐严重，以致对自己失去了控制力。从此，他不是出现在舞台上而是更多地出现在监狱里，到了1967年，他每天需吃一百多片药片。

一天早晨，当他从佐治亚州的一所监狱刑满出狱时，一位行政司法长官对他说："约翰尼·卡特，我今天要把你的钱和麻醉药都还给你，因为你比别人更明白你能充分自由地选择自己想干的事。看，这就是你的钱和药片，你现在就把这些药片扔掉吧，否则，你就去麻醉自己，毁灭自己，你选择吧！"

卡特选择了生活。他又一次对自己的能力做了肯定，深信自己能再次成功。他回到纳什维利，并找到他的私人医生。医生不太相信他，认为他很难改掉吃麻醉药的坏毛病，医生告诉他："戒毒瘾比找上帝还难。"

卡特并没有被医生的话所吓倒，他知道"上帝"就在他心中，他决心"找到上帝"，尽管这在别人看来几乎不可能。他开始了他的第二次奋斗。他把自己锁在卧室闭门不出，一心一意就是要根绝毒瘾，为此他忍受了巨大的痛苦，经常做噩梦。后来在回忆这段往事时，他说，他总是昏昏沉沉，好像身体里有许多玻璃球在膨胀，突然一声爆响，只觉得全身布满了玻璃碎片。当时摆在他面前的，一边是麻醉药的引诱，另一边是他奋斗目标的召唤，结果他的信念占了上风。

9个星期以后,他又恢复到原来的样子了,睡觉不再做噩梦。他努力实现自己的计划。几个月后,他重返舞台,再次引吭高歌。他不停息地奋斗,终于又一次成为超级歌星。

智慧感悟

习惯能成就一个伟大的人,同样也可以毁灭一个成功的人。拒绝坏习惯的纠缠,拒绝它无休止地拖累你,用坚强的意志战胜它,你会发现生活的天空格外晴朗。

第五章

做解决生活问题的智慧能手

> 人生就是一连串不断思考的过程,每个人的前途与命运,完全掌握在自己的手中,只要善于思考,获取正确的思路,成功就离你不再遥远。
>
> 现实生活中,我们常常会看到,那些思路灵活、善于思考的人,总能比别人得到更多的成功和乐趣;而那些缺乏思考、拘泥于常规的人,虽然整天忙忙碌碌,境遇却总难以尽如人意。如此的人生差距,让我们不得不感叹,思路决定出路,思考改变人生。

将难题进行分解

有时候，我们碰到的难题无法局限在某一个层次进行处理，但分成不同层次就好解决了。

1872年，"圆舞曲之王"约翰·施特劳斯来到美国。当地有关团体立即来访，请求他在波士顿指挥音乐会，施特劳斯答应了。但谈演出计划的时候，他被这个规模惊人的音乐会吓了一跳。

原来，美国人想创造一个世界之最：由施特劳斯指挥一场有2万人参加演出的音乐会。而一个指挥家一次指挥几百人的乐队就是一件很不容易的事了，何况是2万人？

施特劳斯想了想，居然答应了。到了演出那天，音乐厅里坐满了观众。施特劳斯指挥得非常出色，2万件乐器奏起了优美的乐曲，观众听得如痴如醉。

原来，施特劳斯任的是总指挥，下面有100名助理指挥。总指挥的指挥棒一挥，助理指挥紧跟着相应指挥起来，2万件乐器齐鸣，合唱队的和声响起。

因此可见，"分"是一种大的智慧，它不仅能够帮助我们解除心理上的压力，也能帮助我们将难解决的问题高效解决。

1968年春，罗伯·舒乐博士立志在加州用玻璃建造一座水晶大教堂，他向著名的设计师菲利浦·强生表达了自己的构想：

"我要的不是一座普通的教堂，我要在人间建造一座伊甸园。"

强生问他的预算，舒乐博士坚定而坦率地说："我现在一分钱也没有，所以100万美元与400万美元的预算对我来说没有区别，重要的是，这座教堂本身要具有足够的魅力来吸引人们捐款。"

教堂最终的预算为700万美元。700万美元对当时的舒乐博士来说是一个不仅超出了能力范围，也超出了理解范围的数字。

当天夜里，舒乐博士拿出 1 页白纸，在最上面写上"700 万美元"，然后又写下了 10 行字：

1. 寻找 1 笔 700 万美元的捐款。
2. 寻找 7 笔 100 万美元的捐款。
3. 寻找 14 笔 50 万美元的捐款。
4. 寻找 28 笔 25 万美元的捐款。
5. 寻找 70 笔 10 万美元的捐款。
6. 寻找 100 笔 7 万美元的捐款。
7. 寻找 140 笔 5 万美元的捐款。
8. 寻找 280 笔 2.5 万美元的捐款。
9. 寻找 700 笔 1 万美元的捐款。
10. 卖掉 1 万扇窗户，每扇 700 美元。

60 天后，舒乐博士用水晶大教堂奇特而美妙的模型打动了富商约翰·可林，他捐出了第一笔 100 万美元。

第 65 天，一位倾听了舒乐博士演讲的农民夫妻，捐出第一笔 1000 美元。

90 天时，一位被舒乐博士孜孜以求精神所感动的陌生人，在生日的当天寄给舒乐博士一张 100 万美元的银行本票。

8 个月后，一名捐款者对舒乐博士说："如果你的诚意和努力能筹到 600 万美元，剩下的 100 万美元由我来支付。"

第二年，舒乐博士以每扇 500 美元的价格请求美国人订购水晶大教堂的窗户，付款办法为每月 50 美元，10 个月分期付清。6 个月内，1 万多扇窗户全部售出。

1980 年 9 月，历时 12 年，可容纳 1 万多人的水晶大教堂竣工，这成为世界建筑史上的奇迹和经典，也成为世界各地前往加州的人必去瞻仰的胜景。

水晶大教堂最终造价为 2000 万美元，全部是舒乐博士一点一滴筹集而来的。

智慧感悟

许多困难乍一看起来像梦一般遥不可及,然而我们本着从零开始、点点滴滴去实现的决心,有效地将问题分解成许多板块,这将大大提升我们去克服困难的信心和效率。

奥运新思路

1984年以前的奥运会主办国,几乎是"指定"的。对举办国而言,往往是喜忧参半。能举办奥运会,自然是国家民族的荣誉,还可以乘机宣传本国形象,但是以新场馆建设为主的大规模硬件、软件投入,又将使政府负担巨大的财政赤字。奥运会几乎变成了为"国家民族利益"而举办,为"政治需要"而举办。赔老本已成奥运定律。最好的自我安慰就是:有得必有失嘛!直到1984年洛杉矶奥运会,美国商界奇才尤伯罗斯接手主办奥运会,运用他超人的创新思维,改写了奥运会经济的历史,不仅首度创下了奥运史上第一巨额赢利纪录,更重要的是建立了一套"奥运经济学"模式,为以后的主办城市如何运作提供了样板。

鉴于其他国家举办奥运会的亏损情况,洛杉矶市政府在得到主办权后即做出一项史无前例的决议:第23届奥运会不动用任何公用基金。因此而开创了民办奥运会的先河。

尤伯罗斯接手奥运会之后,发现组委会竟连一家皮包公司都不如,没有秘书、没有电话、没有办公室,甚至连一个账号都没有。一切都得从零开始,尤伯罗斯决定破釜沉舟。他以1060万美元的价格将自己的旅游公司股份卖掉,开始招募雇佣人员,把奥运会商业化,进行市场运作。

第一步，开源节流。

首先，他本人以身作则不领薪水，在这种精神感召下，有数万名工作人员甘当义工。其次，沿用洛杉矶现成的体育场。最后，把当地的3所大学宿舍作为奥运村。仅后两项措施就节约了数十亿美元。

第二步，举行声势浩大的"圣火传递"活动。

奥运圣火在希腊点燃后，在美国举行横贯美国本土的1.5万公里圣火接力跑。用捐款的办法，谁出钱谁就可以举着火炬跑上一程。全程圣火传递权以每公里3000美元出售，1.5万公里共售得4500万美元。尤伯罗斯实际上是在卖百年奥运的历史、荣誉等巨大的无形资产。

第三步，别具一格的融资、赢利模式。

尤伯罗斯出人意料地提出，赞助金额不得低于500万美元，而且不许在场地内包括其空中做商业广告。这些苛刻的条件反而刺激了赞助商的热情。一家公司急于加入赞助，甚至还没弄清所赞助的室内赛车比赛程序如何，就匆匆签字。尤伯罗斯最终从150家赞助商中选定30家。此举共筹到1.17亿美元。

最大的收益来自独家电视转播权转让。尤伯罗斯采取美国三大电视网竞投的方式，结果，美国广播公司以2.25亿美元夺得电视转播权。尤伯罗斯又首次打破奥运会广播电台免费转播比赛的惯例，以7000万美元把广播转播权卖给美国、欧洲及澳大利亚的广播公司。

门票收入，通过强大的广告宣传和新闻炒作，也取得了历史最高水平。

第四步，出售与本届奥运会相关的吉祥物和纪念品。

尤伯罗斯联合一些商家，发行了一些以本届奥运会吉祥物山姆鹰为主要标志的纪念品。

通过这四步卓有成效的市场运作，在短短的十几天内，第23届奥运会总支出5.1亿美元，赢利25亿美元，是原计划的10倍。尤伯罗斯本人也得到47.5万美元的红利。在闭幕式上，国际奥委会主席萨马兰奇向尤伯罗斯颁发了一枚特别的金牌，报界称此为"本届奥运最大的一枚金牌"。

★智慧感悟★

　　成功是"想"出来的。只有敢"想"、会"想"，善于思考成功和未来的人，才是成功的候选人。如果一个人善于思考，那么他就可以把别人难以办成的事情办成，把自己本来办不成的事情办成。

最顶尖的雕像

　　乡下人的门前放着一尊巨大的石像，放在那里很久了，任凭风吹雨淋。

　　一天，一个城里人经过这里。他看到了石像，便问乡下人能不能把石像卖给自己。乡下人听了，想都没想就说："你居然要买这块石头，我一直为它挡在门前而苦恼呢！"

　　"那我花20元买走它。"城里人说。乡下人很高兴，因为这不但使自己得到了20元，而且也让门前的场地宽敞了许多。

　　石像被城里人设法运到了城里。几个月后，乡下人进城在大街上闲逛。他看见一间富丽堂皇的屋子前面围着一大群人，其中有一个人在高声叫着："快来看呀，来欣赏世界上最顶尖的雕像，只要40元的门票。"

　　于是，乡下人买了门票走进屋子，也想要一睹为快。事实上，乡下人所看到的正是他卖掉的那尊石像。

★智慧感悟★

　　面对一件平平常常的事物，一般人会视若无睹、毫不珍惜，而对于一个聪明的人来说，他的眼光是独特的，能从中发现玄机并善于利用这种机会，所以成功对他来说也就很容易了。而一般人最后只能眼睁睁地看着成功溜走，并为此付出不小的代价。

运用之妙，存乎一心

在印尼的巴厘岛海湾里，有一条荒弃了的栈道，这条从岸边延伸至海里的栈道，原来是渔民登大船用的。被荒弃后，土著人巴拉克便把它当作了钓鱼台。每天，巴拉克都蹲在栈道的尽头上"钓"章鱼。

章鱼有个习惯，每到生殖季节，总喜欢往空螺壳里钻，并在里头下卵。章鱼有8根足爪，每根爪都有上百个吸附性很强的小吸盘，能牢牢地攫住空壳。巴拉克抓住章鱼这一习性，把一只只系着索线的破坛烂罐放入海里，总能"钓"到不少章鱼。为此，巴拉克心中窃喜：看来，这样的主意也只有我想得出。

一天，一位衣着整齐的陌生人登上栈道。他向巴拉克租赁了一只小船，在海湾里转悠了一圈后，又回到了栈道上，默默地观看巴拉克"钓"鱼。看了一会儿，他问："你这章鱼卖吗？"

巴拉克说："卖，卖呀！"

陌生人又问："多少钱1只呢？"

巴拉克说："1美元1只！"

陌生人说："好！你钓上来多少，我就买多少！"

陌生人把从巴拉克手上买过来的章鱼，系上钓线后，又重新放回大海中……

巴拉克和陌生人，一个占据栈道的左边，一个占据栈道的右边，巴拉克往海里放破罐子，陌生人往海里放章鱼。巴拉克时不时拉回破罐子，"钓"到不少章鱼；陌生人时不时拉回章鱼，"钓"回了不少破坛烂罐。

此后每天，他们都如期来到这里，不厌其烦地重复着前一天做过的事。就这样，日子一天天过去了。也不知过了多少天……终于有一天，陌生人"钓"上了一只沾满淤泥的瓷器。陌生人用衣袖抹了抹泥污，看了看后，便急匆匆地离去了。

一个月后，一支庞大的专业打捞船队开进了巴厘岛海湾，为首的正是那个神秘的陌生人。

原来，他就是闻名遐迩的古董商迪默先生。

迪默指挥打捞队，以章鱼"钓"上的瓷器地点为轴心，地毯似的搜索、打捞海底沉物，收获巨大。

此次打捞行动，迪默共获得价值一亿美元的宝物和古董。

迪默早已听说巴厘岛海湾海底有古物沉船，但不敢贸然轻信，正打算投资两千万美元先期勘探，看是否属实。没想到小小的章鱼竟帮了一个大忙。

巴拉克知道实情后，逢人便说："章鱼的习性，是我发现的，这样的'钓'法，还是我发明的呢！"

但别人都讥笑他说："主意是你想出来的，但你'钓'上的只是1美元，而人家'钓'上来的，是一亿美元呀！"

巴拉克叹道："咳！谁叫我不是商人呢？"

智慧感悟

一个人用破坛烂罐"钓"1美元1条的章鱼，一个人用1美元1条的章鱼"钓"破坛烂罐，最终"钓"到了珍贵的古瓷器。

同样的事物，在不同人的眼里看出的是不同的价值。一样的方法，得到的却是不同的结果，关键在于运用的智慧。

第五章 做解决生活问题的智慧能手

看不懂的故事

大学教授看到一本少儿读物上刊载了一个奇特的故事：

从前有三个猎人，两个没带枪，一个不会打枪。他们碰到三只兔子，两只兔子中弹逃走了，一只兔子没中弹，倒下了。

他们提起一只逃走的兔子朝前走，来到一幢没门没窗没屋顶也没有墙壁的屋子跟前，叫出房屋主人，问："我们要煮一只逃走的兔子，能否借个锅？"

"我有三个锅，两个打碎了，另一个掉了底。"

"太好了！我们正要借掉了底的。"三个猎人听了特别高兴！他们用掉了底的锅，煮熟了逃走的兔子，美美地吃了个饱。

大学教授琢磨了半天，也没有明白是怎么回事。于是给这家刊物写了封信，指出故事的逻辑性错误：其一，中了弹的兔子怎么能逃走，没中弹的兔子又如何会倒下？其二，既然兔子逃走了，猎人如何能将它提起煮着吃？其三，没底的锅怎么能煮熟逃走的兔子，且美美地吃了个饱？

很多读者当然都是支持教授的观点。

一年以后，教授的家里来了位朋友。与教授谈到某重点大学毕业生因为害怕失去一份高收入的工作，考上研究生之后却放弃读研究生的机会，到储蓄所去做了储蓄员；劣迹斑斑的黑社会分子却做了警察局局长等现象，两人欷歔感叹。

朋友突然提到了那家少儿读物上的那篇故事，问教授："你还记得那个故事吗？你现在能读懂了吗？"教授愣了愣，默然无语。良久，教授眼睛一亮，"哎哟"一声，端起酒杯顿了顿，说："最简单的真理往往最难发现。这个故事就是为了让孩子们从小就懂得：有很多可能的事会成为不可能，不可能的事却会成为可能……"

智慧感悟

真理并不是以人的意志为转移的，许多时候，事情往往出乎意料地发生着变化。但是，从另外一个角度来思考一下，却可以锻炼人的悟性，促使人们对事物进行更深入的思考。于是，思路也无形中获得了拓展。

他山之石的妙用

100多年前，医生们虽已经能够进行外科手术，但是死亡率却非常高。10个手术病人中，一半以上的病人会因感染而死去，明明手术很成功，但伤口却很容易发红发肿、化脓溃烂，最后痛苦地死去。医生们搞不明白这是什么原因，也不知道怎么防止感染。

英国医生李斯特是一个很出色的外科医生，虽然他的外科技术很高超，但也无法防止病人手术后的感染，经常眼睁睁地看着病人死去。苦恼的李斯特一直在积极寻找着解决问题的办法，与其他外科医生不同的是，他的目光并没有仅仅局限于外科手术这一狭小的范围之内。

有一次，李斯特看到法国出版的一本生物学杂志，里面有一篇法国科学家巴斯德的探讨生命起源的论文。论文中讲到巴斯德通过大量实验证明：生命不是无中生有，是空气中的生命孢子进入的结果；有机物的腐败和发酵也是微生物进入的结果。

这篇文章表面看起来与李斯特的外科手术并没有直接关系，但李斯特却从中汲取了丰富的营养。他想：病人伤口的感染化脓，不也是一种有机物的腐败现象吗？这个看不见的微生物世界，影响着我们的生活，也肯定影响着外科手术。

依据这种思想，李斯特在手术之前严格地洗手，将手术器械严格地煮沸，在伤口上用煮沸过的纱布包扎，以防止空气中的微生物感染伤口。后来他又寻找到一种杀灭细菌的药剂。运用这些办法以后的手术，死亡率大大降低。就这样，李斯特从一篇表面上看来似乎毫不相关的文章中受到启发，创立了消毒外科学。

智慧感悟

世界是普遍联系的，知识也是如此，它们互相关联，任何学科都没有一个绝对的界限。李斯特依据巴斯德的理论成功创立消毒外科学，更充分地说明了这一点。因此，我们若能于生活中广泛猎取，不断扩大自己的知识面，说不定就可以有一些别出心裁的小创新。

最完美的答案

老师给同学们出了一道题目："公园的树上有8只鸟儿，开枪打死1只，还剩几只？"

孩子们觉得这是一个简单的问题，都抢着说答案。老师看见只有威廉没有吭声，他安静地坐在那里思考。

老师问："威廉，你觉得是几只呢？"

威廉反问了一句："在公园里打鸟儿不是犯法的吗？"

老师说："我们假设不犯法。"

"打枪人使用的是无声手枪吗？"

"不是。"

"枪声有多大？"

"80~100分贝。"老师有点摸不着头脑，"这些问题跟还剩几只鸟儿有关吗？"

"是的。"威廉继续问道，"您确定那只鸟儿真的被打死啦？"

"确定。拜托，你告诉我还剩几只鸟儿不就行了吗？"

"我还想问一句，树上有没有关在笼子里的鸟儿？"

"没有。"

"还有没有其他的树，旁边的树上有鸟儿吗？"

"没有，只有这1棵树。"

"有没有残疾的或饿得飞不动的鸟儿？"

"没有。"

"鸟儿里边有没有聋子，听不到枪声的？"

"没有。"

"有没有傻得不怕死的？"

"都怕死。"

老师不耐烦了："威廉你到底知不知道答案？"

"还有最后一个问题，老师，算不算怀孕的小鸟儿？"

"不算。"

"哦，如果您的回答没有骗人，打鸟儿人的眼也没有花，"威廉自信地说，"打死的鸟儿要是挂在树上没摔下来，那么就剩1只，如果掉下来，就1只不剩。"

老师和同学们听了这话目瞪口呆，哑口无言。

智慧感悟

　　人的创意有了不起的能量。任何创意的结果，都是思考的馈赠。人世间最美妙绝伦的东西就是思维的花朵。思索是才能的钻探机，是创造的前提。因此，独立思考是成功人士所钟情的能力。

收藏家的惊喜

收藏家到乡下旅游。有一天，他来到了一家农舍前，眼睛突然一亮：他看见了一个非常别致的碟子！凭他对古玩高超的鉴别能力，立即看出这碟子是几世纪以前的好东西，价值极高。他看到乡下人对它的价值一无所知，居然拿这个碟子去喂养1只小猫。

收藏家抑制住自己心中的狂喜，与小猫的主人闲聊起来，对这只小猫十分感兴趣，还编造了一个动听的故事：说他的太太如何喜欢小动物，前不久因为1只小猫死去了，令她伤心不已，而眼前的这只小猫，看上去又太像他太太的那只小猫了。说着说着，竟为自己的故事感动得热泪盈眶，连那位看起来木讷的乡下人也陪着他长吁短叹起来。

后来，他故意随口问了一句："您的小猫卖不卖呀？"

"当然卖了，"乡下人爽快地回答说，"既然您的太太喜欢小猫，我就卖给您吧！"收藏家非常激动，居然出了两倍的价钱买了这只小猫。最后，他故意试探性地问一句："您一直是用这个碟子喂小猫的吧？就顺便把这个碟子送给我，怎么样？"收藏家心想，乡下人一定会同意的，没想到一直不吭声的乡下人这时才露出灿烂的笑容："对不起，我不能送给你，因为每天我都要靠它卖掉家里的小猫！"

智慧感悟

一个平常的人，由平凡变聪明一点儿也不出乎意料。他只不过是在别人尚不觉察的时候及时调整了自己的思考角度，改变了自己的思考和行为方式，并且积极地采取了行动。

会讲笑话的垃圾桶

当用铁锤无法打开1把锁时,那就只有去找打开这把锁的钥匙了。

俄国一座城市的居民有个坏习惯,他们从不把垃圾好好地倒进垃圾桶,而是很随意地到处乱扔,弄得整个城市一片混乱。为此,政府专门成立环境整治部门,甚至强制进行罚款,可是,仍然收效甚微。街道上还是到处都是垃圾,连卫生局局长都为此感到十分气恼,可又无能为力。

这一天,一个小伙子主动走进卫生局局长的办公室,献上了一条妙计……

没过几天,城市里的居民们纷纷发现街道上的垃圾桶突然会说话了,并且是讲很可乐的笑话。当人们把垃圾扔进垃圾桶里时,就能听到垃圾桶讲笑话。小孩子们更是爱到垃圾桶那儿倒垃圾,不仅自己笑得肚子疼,还会把这些笑话讲给其他的小朋友听。

这样一来,居民们都喜欢把垃圾扔进垃圾桶里了,街道上的卫生状况得到了彻底的改变。时间长了,这个城市居然变成了一座美丽的花园城市。

原来,那位小伙子设计了一种电动垃圾桶,桶上装有感应器,垃圾丢进桶里,感应器就会启动录音机,播放事先录好的不同的笑话。

★智慧感悟★

世界上的每1把锁必有1把配对的钥匙,只有找对了钥匙才能打开这1把锁。所以在分析问题时,必须找到问题的症结所在,抓住最实质的东西,有针对性地考虑问题,才能使问题迎刃而解。

放飞想象的翅膀

大家都知道在衣服、鞋子上有一种一扯即开的"免扣带",它以方便省时而大受现代人的欢迎。说到它的发明就要提到一个叫马斯楚的瑞典人的故事。

马斯楚就是"免扣带"的发明人,这个发明纯属偶然。

1948年的一天,他和朋友兴致勃勃地去登山。登上顶峰后,他们随便坐在草地上吃午餐。这时,马斯楚突然觉得臀部又痛又痒。他知道这又是鬼针草的"恶作剧",于是坐不住了,不耐烦地把鬼针草一根一根地从裤子上摘下来,但摘不胜摘。回家后,他把残留在裤子上的鬼针草取下来,想弄清楚它为什么"粘"人,结果发现鬼针草的结构十分特殊,粘在裤子上拍不下来。马斯楚顿生一想:"如果模仿它的结构,做一种纽扣或别针,那该多好!"

一念之间,一项新发明创造诞生了。马斯楚先生制成了一种合上就不易分开的布,即一块布织成许多钩子,另一块布织成很多圆球,两者合起来,产生拉链的效果。他将其命名为"免扣带",申请了专利,然后与一家织布公司合作生产。由于"免扣带"的使用范围很广,马斯楚足足赚了3亿多美元。

智慧感悟

如果将人生比作一条长河,那么想象就是长河中的朵朵浪花。荒诞不经的想法,大胆的猜测,标新立异的假说,这些潜质思维的利剑,往往能劈开传统观念的枷锁,帮助你于混沌之中探索出路,于黑暗之中发现光明,并成就非凡的功业。

从身边寻找灵感

悉尼歌剧院位于澳大利亚美的港湾，是 20 世纪世界建筑史上的奇迹，它的设计者是当时不到 40 岁的丹麦建筑设计师琼·伍重。

当征集悉尼歌剧院方案的时候，琼·伍重也得到了这个消息，他决定参加这个大赛。他从资料里，从人们的回忆里，甚至从人们的想象里寻找悉尼。他不但寻找悉尼的地理环境、风光，还包括人们对它的感觉、赞美和对它未来的猜想。然后他日思夜想，废寝忘食地埋头于他的方案中。他研究了世界各地歌剧院的建造风格，尽管它们或气势宏伟，或华美壮丽，但他都没有从那里获得一点儿灵感。

这是在南半球一个十分美丽的港湾都市海边建造的歌剧院，必须摈弃一切旧的模式，具有崭新的思维。

早上，晚上，他沉浸在设计里；一日三餐，是饱，是饥，他浑然不觉。一天一天过去，截稿日渐近，却仍无头绪。有一天，妻子见苦苦思索的他又没有及时进餐，就随手递给他一个橘子。沉浸在思索中的他，随手接过橘子，神情却依旧漠然。他一边思考方案，一边漫无目的地用小刀在橘子上划来划去。橘子被他的小刀横着竖着划了一道又一道。无意中，橘子被切开了。当他回过神来，看着那一瓣一瓣的橘子，一道灵感的闪电划过脑海的上空。

"啊，方案有了！"

他迅疾设计好草图，寄往新南威尔士州，于是，20 世纪世界上最伟大的建筑之一——悉尼歌剧院诞生了。

如今，在悉尼——这个世界第一美港的贝尼朗岬角上，三面临海的歌剧院，如扬帆出海的船队，又像一枚枚巨大的白色贝壳矗立海滩。船队可以想象成壮士出海，贝壳又可以想象成仙人所遗留……日中，它是白色的，日暮，它是橘红色的。不管它怎样变幻着色彩，都与周围景色浑然一体。因为它,悉尼,被赋予想象:海波是舒缓的,白帆是饱满的,贝壳是静态的……浑然天成,一种奇妙的组合。在人们心目中,悉尼歌剧院已经成为一种海的象征,艺术的象征,人类精神的象征。

★★ 智慧感悟 ★★

如果你始终想在那些遥远的事物中寻找创新的思路,可能总会被牵绊。很多时候,能让你的思维走到新奇境地的,恰恰是那些身边最常见的东西。善于从身边的事物中寻找突破口,是人们培养创新能力的一种有效途径。

小男孩求租

一对夫妻在城里打工,他们想先找一处房子住下来。找来找去,最终看中了一处公寓,因为那招租广告上的条件最符合他们的要求。

他们按地址找到了这处房子。房东是一位老大爷,一看到他们带着一个小男孩,就说什么也不愿将房子租给他们。

夫妻俩急了:"我们都跑了一天了,对你的房子很满意,价钱也可以再商量。再说,我们现在也没有地方可去呀。"

"实在对不起了,"房东没有一点商量的余地,"你就是加些租金也不行,因为我不打算把房子租给有小孩的住户。"

"这孩子过几天就要送到他爷爷奶奶那儿去了。"

可是,房东一听就知道这是编出来的瞎话,他不想再争辩了,转身关门走进屋里。

这时,他们那6岁的儿子将这一切看在眼里。他说:"爸爸妈妈,不要着急,我有办法。"说完,他走上前去,用小手敲起门来。

门开了,房东又走了出来,见还是他们,便一句话没说就要回屋。小男孩一把拉住他,说:"老爷爷别走,这个房子我来租,我没有孩子,我只有爸爸妈妈。"

房东一听,竟然同意了。原来房东想到自己年岁大了,不想把房子租给有小孩子的家庭,是因为怕吵闹。现在看着小男孩这么懂事,当然愿意把房子租给他们了。

智慧感悟

一般人习惯于按照一般性思维去思考问题,最后往往会进退两难,很容易使事情陷入僵局。这时,需要你开拓自己的思维,从事物的不同方面、不同角度去考虑。要知道,方法总比问题多。

推销高手

公司的总经理到销售部了解情况,随口问了一句新来的员工:"你今天接待了多少顾客?"

新员工回答:"一位男士。"

"只有一位吗?卖了多少钱的货呢?"

新员工回答:"69000多美元。"

总经理大为惊奇,要他详细地说一说情况。

新员工说道:"我先卖给他一枚钓钩,接着卖给他钓竿和钓丝。我再问他打算去哪儿钓鱼,他说要到南方海岸去。我说该有艘小船才方便,于是他买了那只7米长的小汽艇。他又说他的汽车可能拖不动汽艇,于是我带他到汽车部,卖给他一辆大一点儿的汽车。"

总经理十分惊讶:"他只是想买一枚钓钩,你竟能说服他买下那么多东西?"

新员工摇了摇头:"不,其实是他夫人偏头疼,他来为她买一瓶阿司匹林药片。我听他那么说,便劝他这个周六带着夫人去钓鱼。"

智慧感悟

爱迪生说过:"任何问题都有解决的办法,无法可想的事是没有的。"当我们认为一个问题不可能解决时,真正的问题是我们自己本身,由于我们的经验和习惯性思维才让我们无法想出高明的解决之道。绝妙的思维是存在的,它们只存在于惯性思维之外。因此,要想找到解决问题的最好办法,我们就必须挣脱陈规的束缚。

敢有特别的想法

年轻的埃罗·阿尼奥的未婚妻家乡人们擅长编织藤篮,他在1954年去那里时学会了这项工艺。编出第一只篮子让他十分惊喜,他没有把它按通常方式摆放,而是把篮子底朝上倒扣在地上,从而发现倒过来的篮子是很好的座椅。

1961年,"蘑菇"藤编凳系列问世。

1962年,阿尼奥把藤编凳的款式演变为叫作"象靴"的藤椅。那是阿尼奥的成名之作。从此,他与椅子结缘。

20世纪60年代正是人类雄心勃勃地探索宇宙和征服太空的年代。在实现太空旅行的过程中,一种叫"玻璃钢"的可塑材料问世了。阿尼奥把人类对空间探险的兴趣引入家居时尚领域,"球椅"在1963年诞生。它就像一个人的太空舱,里面装备有立体声的扬声器,坐在里面可以独享其乐。

球椅的成功,引发阿尼奥设计了一整套塑料家具系列:1968年的气泡椅,还有1971年的西红柿椅。

香皂椅的外形就像一块被大拇指按过的糖果，而且还使用了糖果一样明快鲜艳的色彩。它是摇椅的现代变体，也是对摇椅的全新阐释。一次偶然的机会，阿尼奥发现香皂椅可以在水面上漂浮。夏天坐在漂浮在水面上的香皂椅上是一件惬意的事情；冬天，可以坐着香皂椅从小雪山上高速滑下来。

气泡椅的出现几乎超出了所有人对椅子的想象，这种座椅的外观就像它的名字所暗示的一样。坐在悬挂着的透明球壳里，人体像变魔术般地悬浮在空气中。

1973年，阿尼奥的兴趣转向用聚亚氨酯泡沫制作的更具造型特征的动物座椅中。那一年他设计了模仿小马的Pony椅，尤其受到儿童的喜爱。数年后他还有另一个类似的设计，模仿的是小鸡。

1998年，阿尼奥受到国际一级方程式赛车比赛的启发，设计了方程式椅。

花样不断翻新的椅子，就这样被"想出来"了。

智慧感悟

只有看到别人看不见的事物，才能做到别人做不到的事情。因此，我们要勤于思考，善于发现，于平凡生活中发现别人所不能发现的东西，并敢于提出自己特别的想法，这样我们才能于平淡无奇之中脱颖而出。

"灵机一动"的收获

一个年轻人乘火车旅行，火车在一片荒无人烟的原野前进，车上的乘客个个百无聊赖，视觉疲惫。

前面有一个拐弯处，火车减速，一座简陋的平房缓缓地进入了人们的视野。也就在这时,几乎所有乘客都睁大眼睛"欣赏"起寂寞旅途中这道特别的风景。有的乘客开始窃窃议论起这房子来。

年轻人的心为之一动。返回时,他中途下了车,不辞劳苦地找到了那座房子。主人告诉他,每天火车都要从门前驶过,噪音实在使他们受不了,很想以低价卖掉房屋,但很多年来一直无人问津。

不久,年轻人用3万元买下了那座平房,他觉得这座房子正好处在拐弯处,火车经过这里时都会减速,疲惫的乘客一看到这座房子就会精神一振,用来做广告是再好不过的了。

年轻人开始找一些公司推荐这座房子的"广告墙"。一家全球著名的饮料公司看中了这座房子,将房屋租借3年做广告,每年支付给年轻人6万元租金。

智慧感悟

生活中,时常留心,对那些常规的东西多动一点儿脑筋,就可能从正常的甚至负面的事物中发掘出有价值的东西。一个人若能养成喜欢创新,遇事多琢磨的好习惯,或许他将会有意想不到的收获。

挣脱你的"思维栅栏"

这是几年前的一件事。比尔告诉他儿子,水的表面张力能使针浮在水面上,他儿子那时才10岁。比尔接着提出一个问题,要求他将一根很大的针投放到水面上,但不得沉下去。比尔自己年轻时做过这个实验,所以比尔提示儿子要利用一些方法,譬如采用小钩子或者磁铁等。儿子却不假思索地说:"先把水冻成冰,然后把针放在冰面上,再把冰慢慢化开不就行了吗?"

这个答案真是令人拍案叫绝!它是否行得通倒无关紧要,关键一点是：比尔即使绞尽脑汁冥思苦想几天，也不会想到这上面来。经验把比尔限制住了，思维僵化了，这小伙子倒不落窠臼。

比尔设计的"轻灵信天翁"号飞机首次以人力驱动飞越英吉利海峡，并因此赢得了大奖。但在投针一事之前，他并没有真正明白他的小组何以能在这场历时18年的竞赛中获胜。要知道，其他小组无论从财力上还是从技术力量上来说，实力远比他们雄厚。但到头来，其他组的进展甚微，比尔他们却独占鳌头。

投针的事情使比尔豁然醒悟：尽管每一个对手技术水平都很高，但他们的设计都是常规的。而比尔的秘密武器是：虽然缺乏机翼结构的设计经验，但比尔很熟悉悬挂式滑翔以及那些小巧玲珑的飞机模型。比尔的"轻灵信天翁"号只有70磅重，却有90英尺宽的巨大机翼，用优质绳做绳索。他们的对手们当然也知道悬挂式滑翔，对手的失败正在于懂得的标准技术太多了。

★★★★★智慧感悟★★★★★

人永远都不能满足于现状，你只有不断地突破创新，才能创造更好的生活，才能享受更大的幸福。

用智慧获取成功

李嘉诚是香港20世纪70年代崛起的房地产商，他把整个港九的每一块土地、房屋都思量过了，把每个上市公司的股市行情都分析透了，加之他特有的社交能力，获得了许多公司的绝密情报。

功夫不负有心人，他终于掌握到一项重要的绝密信息：英国在香港最大的英资怡和洋行，虽然是九龙仓有限公司的大东家，但实际上它占有的股份还不到20%，简直少得不成比例。这说明怡和九龙的基础薄弱。尖沙咀早已成为繁华商业区，其旁边的大量九龙名贵地实际地价已寸土千金；而股票价格却多年未动，几乎低得不成样子。这些都是争夺九龙的有利条件。如果大量购入九龙股票，即使股票价上涨5倍，也不会超过每股所代表的地价，只要购买20%的股票即可与怡和公开竞购。持股的百姓，在相同的出价下，当然更愿意卖给中国人。因此，李嘉诚有把握购买50%的股票，取代怡和成为大东家，这样就有权运用九龙的名贵土地发展房地产，堪称一本万利。

李嘉诚得到这一消息后，当即分散吸进九龙股票。从1978年起悄悄地分散户名，吸进18%的股份。

由于李嘉诚的大量吸进股票，使每股10港元飞速上涨到30余港元，引起怡和洋行警觉。李嘉诚的偷袭战必将转入阵地战。

两军对垒，李嘉诚的实力大大弱于怡和洋行，硬拼实难取胜。在此时，李嘉诚若继续入股，怡和洋行必然会高价回收九龙股票，它财大气粗，李嘉诚必败无疑。这真是"行一百半九十"，李嘉诚处于进退维谷之地。

李嘉诚不愧为一流商家，他决定以退为进，化险为夷，采用"金蝉脱壳"之计。此计是寻找一个能代替自己向怡和洋行继续作战的人，将全部股票高价卖给他。

1978年9月的一天，在中环文阁的高级隔间里，两个身穿小式套装的商人，用中国话进行了一次短暂而又神秘的会晤。时间虽然只有20分钟，却决定了价值20亿美元，九龙脱离英资怡和洋行的关键性交易。

这两个人，一个是地产商李嘉诚，另一个就是船王包玉刚。2000万股票全部转卖给包玉刚，包玉刚将帮助李嘉诚从汇丰银行中承购英资和记黄埔股票9000万股。两人皆大欢喜，击掌定盘。

为什么是皆大欢喜呢？

李嘉诚知难而退，退中获利，既卖得人情又富了自己，岂不英明！包玉刚则借李嘉诚的情报、信息和卓越的判断，将实现长日的夙愿。仅此一个妙计，出千金巨资都买不到，何况李嘉诚已为他打好了赢得价值几十亿美元的九龙主权之基础！包玉刚自知确有实力，心中有数，此妙计正用得上，而且不费吹灰之力便一举获得18%的九龙股票，开盘就有与怡和相等的实力，包玉刚怎能不高兴。

李嘉诚退中获利的另一招是另辟一必胜战场。当时在港的头号英资是怡和洋行，但想盘夺和记洋行很有可能。包玉刚将手头9000万股和记黄埔股份公司的股票悄悄转手卖给了李嘉诚，从而使李嘉诚如虎添翼，转身便战胜了和记洋行，真是妙不可言。

★智慧感悟★

人生最大的宝库不在别处，就在你自己的身上。成功的人都是那些善于挖掘自己的人；而那些失败的人，则往往是一些喜欢四处寻宝的人。

第六章

用一颗平常心去对待生活

> 平日里,我们只顾风尘满面地在尘世间奔波,步履匆匆,眼睛总是在看着别人的美好,因此一不小心就忘了欣赏自己和感恩生活。其实,命运是公正无私的,它给谁的都不会太多,只要你懂得正确地对待生活,你就会发现生活中到处都有明媚的阳光,幸福亦如花香始终缭绕在你的左右。

换个角度，自会发现人生美景

俞仲林是中国著名的国画画家，擅长画牡丹。

一天，某政要慕名买了一幅俞仲林的牡丹图，并很得意地将此画挂在客厅。

政要的一位朋友看到了，大呼不吉利，因为这朵花没有画完全，缺了一部分，而牡丹代表富贵，缺了一角，岂不是"富贵不全"吗？

政要大为吃惊，认为牡丹缺了一边总是不妥，拿回去预备请俞仲林重画一幅。俞仲林灵机一动，告诉对方，牡丹代表富贵，缺了一边，不就是"富贵无边"吗？

政要听了俞仲林的解释，又十分满意地捧着画走了。

智慧感悟

哲人说：境由心生。譬如面对残阳如血的黄昏，悲观者看到的是悲凉凄迷之景，想到的是英雄末路的寂寞；乐观者看到的是博大恬适之美，是一种豪迈情怀。因此，人生成败关键在于你的心态。

悲观的果实叫无奈，乐观的果实叫甘甜

有一个寓言故事这样来诠释悲观与乐观：

从前，有两个人住在一座光秃秃的荒山上。

第一个人很悲观，一边叹气，一边在山脚下为自己修着坟茔。

第二个人很乐观,成天乐呵呵的,在山坡上种了很多绿色的树苗。

岁月悠悠,转眼过了40年。

第一个人老了,泪汪汪地打开坟茔的门,走了进去,再也没有出来。

第二个人却精神抖擞,在果树下采摘着金色的果实。

又过了许多年,第一个人的坟茔前长满了衰草,还有野狼出没。

第二个人的那座花果山前却花常开、树常青,满山闪耀着生命的辉煌。

原来,悲观与乐观都是种子,只不过前者的果实叫无奈,后者的果实叫甘甜。

★智慧感悟★

塑造阳光心态,坦然地面对一切,"不以物喜,不以己悲",生命才会更自然,生活才会更轻松、更洒脱,才能真正享受人生的快乐。

乐观者看见了太阳,悲观者看见的是太阳黑子

曾经有两个孩子,一个叫作悲观,一个叫作乐观。他们的父亲希望能够改变一下这样的状况,所以,给悲观的孩子送了一屋子的玩具,又给乐观的孩子堆了一屋子的马粪。

第二天,父亲去检查试验结果时发现,悲观的孩子依旧愁容满面,所有的玩具连碰都不曾碰过,因为他害怕把它们弄坏了;而乐观的孩子呢,则在马粪堆里玩得不亦乐乎:"父亲,您一定在里面藏了什么宝贝吧?"

★智慧感悟★

有的人悲观,有的人则天性乐观,出现这种差别的原因主要是看事

物的角度不同,有一个比喻是对此的最佳诠释,即乐观者看见了太阳,悲观者看见的是太阳黑子。确实,悲观者总是在生活中寻找缺陷和漏洞,所看到的是满目黯淡;而乐观者则会从中发现潜在的希望,让自己的心灵永远充满阳光。

天堂抑或地狱,皆在一念之间

一个日本武士问一个老禅师:"师父,请问什么是天堂?什么是地狱?"老禅师轻蔑地看了他一眼,说:"你这种粗糙、卑鄙的人,根本不配和我谈天堂。"

武士被激怒了,"嗖"地拔出刀,架在老禅师的脖子上,说:"糟老头儿,我要杀了你!"老禅师平静地说:"这就是地狱。"武士顿时明白了,愤怒的情绪是地狱,忙把刀收回鞘中。老禅师又平静地说:"这就是天堂。"武士听明白了,心情好就是天堂。他马上跪下,感谢禅师。

★智慧感悟★

情绪是一条流淌的河,它贯穿在人的一生之中,这条河时而平静,时而惊涛骇浪。平静时,心灵如春风吹拂,人生充满希望,如在天堂;惊涛骇浪时,人生则是天昏地暗,如在地狱。而天堂或者地狱,只有一线之隔,仅在一念之间。

凡事多往好处想

小王还是单身汉的时候,和几个朋友一起住在一间只有七八平方米的小屋里。尽管生活非常不便,但是,他一天到晚总是乐呵呵的。

有人问他:"那么多人挤在一起,连转个身都困难,有什么可乐的?"

小王说:"朋友们在一起,随时都可以交换思想、交流感情,这难道不是很值得高兴的事吗?"

过了一段时间,朋友们一个个相继成家了,先后搬了出去。屋子里只剩下了小王一个人,但是他每天仍然很快活。

那人又问:"你一个人孤孤单单的,有什么好高兴的?"

"我有很多书啊!一本书就是一个老师。和这么多老师在一起,时时刻刻都可以向它们请教,这怎能不令人高兴呢?"

几年后,小王也成了家,搬进了一座大楼里。这座大楼有七层,他的家在最底层。底层在这座楼里环境是最差的,上面的人老是往下面泼污水,丢死老鼠、破鞋、臭袜子和杂七杂八的脏东西,那人见他还是一副自得其乐的样子,好奇地问:"你住这样的房间,也感到高兴吗?"

"是呀!你不知道住一楼有多少妙处啊!比如,进门就是家,不用爬很高的楼梯;搬东西方便,不必费很大的力气;朋友来访容易,用不着一层楼一层楼去叩门询问……特别让我满意的是,可以在空地上养一丛一丛的花,种一畦一畦的菜,这些乐趣呀,数之不尽啊!"小王情不自禁地说。

过了一年,小王把一层的房间让给了一位朋友,这位朋友家有一位偏瘫的老人,上下楼很不方便。他搬到了楼房的最高层——七层,可是他每天仍是快快乐乐的。

那人揶揄地问:"先生,住七楼是不是也有许多好处呀?"

小王说:"是啊,好处可真不少呢!举几个例子吧:每天上下几次,这是很好的锻炼机会,有利于身体健康;光线好,看书写文章不伤眼睛;没有人在头顶干扰,白天黑夜都非常安静。"

★智 慧 感 悟★

生活中不如意的事很多,如果你总是因为这些事情而担忧的话,那么你永远也不会有快乐的时候。因此，当自己的处境不好的时候，不妨想想小王的做法，凡事多往好处想想，或许你就会轻松快乐起来。

给人快乐的天使

有一个天使喜欢带给别人快乐。因此，他经常到凡间帮助人，希望别人能够感受到快乐。

有一天，他遇到一个烦恼的农夫，他向天使诉苦说："我家的水牛刚死了，没它帮忙犁田，那我怎能下田作业呢？"于是天使赐给他一头健壮的水牛，农夫很高兴，天使也在他身上感受到了快乐。

又一天，他遇见一个男子，这位沮丧的男子向天使诉说："我的钱被骗光了，没法回乡。"于是天使给他银两做路费，男子很高兴，天使同样在他身上也感受到了快乐。

又一天，他遇见一个诗人，诗人年轻、英俊、有才华且富有，妻子貌美而温柔，但他却过得不快乐。

天使问他："你不快乐吗？我能帮你吗？"

诗人对天使说："我什么都有，只欠一样东西，你能够给我吗？"

天使回答说："可以。你要什么我都可以给你。"

诗人直直地望着天使："我要的是快乐。"这下把天使难倒了，天使想了想，说："我明白了。"然后把诗人所拥有的都拿走了。天使拿走诗人的才华，毁去他的容貌，夺去他的财产和他妻子的性命。天使做完这些事后，便离去了。

一个月后，天使再回到诗人的身边，他那时饿得半死，衣衫褴褛地躺在地上挣扎。于是，天使把他的一切又还给他，然后就离去了。

半个月后，天使再去看诗人。这次，诗人搂着妻子，不停地向天使道谢。因为他得到快乐了。

第六章 用一颗平常心去对待生活

智慧感悟

生活中大多数人都是这样，往往要等到拥有的失去了才会懂得珍惜。其实，幸福就在我们身边，只要我们懂得珍惜身边的一切，从一些平凡的小事中去寻找感动，快乐就会围绕在我们身边。

心态决定一切

有一个教授找了9个人做实验。教授说："你们听我的指挥，依次走过这座小桥，大家放心，桥下除了水，什么也没有。"9个人听明白了，哗啦哗啦都走过去了。

接着，教授打开了一盏黄灯，大家发现桥底下还有几条来回游动的鳄鱼。大家吓了一跳，庆幸刚才没掉下去。

教授问："现在你们谁还敢走回来？"没人敢走。教授说："你们要用心理暗示，想象自己走在坚固的铁桥上。"诱导了半天，终于有3个人愿意尝试一下。

第一个人颤颤巍巍，走的时间多花了一倍；第二个人哆哆嗦嗦，走了一半再也坚持不住了，吓得趴在桥上；第三个人才走了三步就吓得趴下了。

这时，教授打开了所有的灯，大家这才发现，在桥和鳄鱼之间还有一层网，网是黄色的，刚才在黄灯下看不清楚。大家现在不怕了，说要知道有网我们早就过去了，几个人哗啦哗啦都走过来了。

只有一个人不敢走，教授问他："你怎么回事？"他说："我担心网不结实。"

智慧感悟

佛说："物随心转，境由心造，烦恼皆由心生。"确实，心态决定一切，有时外界的环境并没有想象中那么凶险，而恐怖的砝码是你自己加上去的。有人说，要么你去驾驭生命，要么是生命驾驭你，你的心态决定谁是坐骑，谁是骑师。这话说得很有道理，人生在世，需要有一个积极心态，积极心态可以让你控制环境，从而带来积极的结果。

走自己的路，让别人说去吧

阿瑟刚当上军官时，心里很高兴。

每当行军时，阿瑟总是喜欢走在队伍的后面。

一次在行军过程中，他的敌人取笑他说："你们看，阿瑟哪儿像一个军官，倒像一个放牧的。"

阿瑟听后，便走在了队伍的中间，他的敌人又讥讽他说："你们看，阿瑟哪儿像个军官，简直是一个十足的胆小鬼，躲到队伍中间去了。"

阿瑟听后，又走到了队伍的最前面，他的敌人又说："你们瞧，阿瑟带兵打仗还没打过一个胜仗，他就高傲地走在队伍的最前边，真不害臊！"

阿瑟听后，心想：如果什么事都得听别人的话，自己连走路都不会了。从那以后，他想怎么走就怎么走了。

智慧感悟

"走自己的路，让别人说去吧！"自己的路自己走，与人何干？谁能代替你走路吗？谁能代替你做决定吗？谁能站在你的立场、角度去看问题吗？答案当然是否定的。自己的人生要自己做主，自己的命运需要自己主宰。人，要有自己的主见，不能总被他人的意见所左右。不是说要一意孤行，不接受他人意见，但关键的时候，能够依靠的只有自己。

平淡生活

一对老夫妇谈恋爱的时间是1967年元月，当时全国政局一片混乱，百姓苦不堪言。

那时候，粮店里的米与副食店里的肉、豆腐和百货店里的肥皂、布匹，以及煤铺里的煤等生活物资均要凭票供应，普通人家的生活清苦至极。男方的家在城郊的小菜园里，用现在的话来说，那里是当地的蔬菜基地。

女孩第一次"访地方"（当地将女方到男方家里去了解情况称为"访地方"）时，男方留她和媒婆吃中饭。菜很简单，只有两道：几个荷包蛋外加一碗萝卜丝。其中，那几个鸡蛋是向邻居借的，萝卜则是自己种的。

在回家的路上，媒婆说男方人穷又小气，劝漂亮的女孩不要嫁过来。女孩却说男方煮的萝卜丝很好吃，说明他很能干。

过了一段时间，当女孩一个人再次来找男孩时。男孩刚好捉了一些鲫鱼。招待女孩的菜仍然是两道，除了油煎鲫鱼外，还有一碗红烧萝卜。吃饭时，女孩称赞男孩的萝卜做得很有特色，并说自己很喜欢吃萝卜。男孩说："是吗？你下次来我请你吃另一种口味的萝卜。"

在后来的来往中，女孩尝尽了男孩所制的不同口味的萝卜：清炒萝卜、清炖萝卜、油焖萝卜、糖醋萝卜、麻辣萝卜、萝卜干和酸萝卜等。

再后来，女孩就成了这些萝卜的俘虏，嫁给了男孩。

当有人质问老太太当时为何不嫁给那些有条件煮肉、炖鸽、杀鸡、烧鱼的男人，却嫁给只会烹饪萝卜的人时，老太太说："当时我认为，一个男人，在那种清贫的日子里竟能够把一种普通的萝卜烹饪出甜、酸、苦、辣、咸等几种不同的味道而令我大饱口福、历久难忘，我想他同样能够将清贫的日子调理得色彩斑斓。谈婚论嫁，既要注重眼前，更要注重将来。这不，如今我和他结婚已30多年了，你看我们吵了几次架？更不像某些同龄人那样动不动就闹离婚。日子虽然过得平淡了一点儿，但平淡中更能见真情！"

老太太说得不错，在我们的日常生活中，越是具有平常心的人，生活越能幸福，而那些整日斤斤计较、患得患失的人反而苦恼无穷。做人应有一颗平常心。

平常心贵在平常、波澜不惊、不畏生死，于无声处听惊雷，平常心是一种超脱眼前得失的清静心、光明心。贫贱不能移，富贵不能淫，威武不能屈。安贫乐富，富亦有道。无论处于何种环境下，都能拥有平常心，那一定是个了不起的人，就如老太太所赞美的，不是个圣人，也是个贤人。只要我们努力，就能够以平常心去对待纷杂的世事和漫长的人生，至少也能够做到以平常心跨越人生的障碍。

所以，平常心看似平常，实则不平常。

智慧感悟

当你用一颗平常心去对待生活时，你就会发现：真情，就在你身边。平常心是一颗理解、宽容、忍让的心，就是欢乐别人的欢乐，痛苦别人的痛苦，喜悦别人的喜悦。多一分理解和关爱，世界就多一分真善美。

第六章　用一颗平常心去对待生活

球王贝利的烦恼

　　球王贝利刚刚入选巴西最著名的球队——桑托斯足球队时，曾经因为过度紧张而一夜未眠。他翻来覆去地想着："那些著名球星们会笑话我吗？万一发生那样尴尬的情形，我有脸回来见家人和朋友吗？"

　　他甚至还无端猜测："即使那些大球星愿意与我踢球，也不过是想用他们绝妙的球技，来反衬我的笨拙和愚昧。如果他们在球场上把我当作戏弄的对象，然后把我当白痴似的打发回家，我该怎么办？"

　　一种前所未有的怀疑和恐惧使贝利寝食难安。虽然自己是同龄人中的佼佼者，但忧虑和自卑却使他情愿沉浸于希望，也不敢真正迈进渴求已久的现实。

　　最后，贝利终于身不由己地来到了桑托斯足球队，那种紧张和恐惧的心情，简直没法形容。"正式练球开始了，我已吓得几乎快要瘫痪。"他就是这样走进一支著名球队的。原以为刚进球队只不过练练盘球、传球什么的，然后便肯定会当板凳队员。哪知第一次，教练就让他上场，还让他踢主力中锋。紧张的贝利半天没回过神来，双腿像长在别人身上似的，每次球滚到他身边，他都好像是看见别人的拳头向他击来。在这样的情况下，他几乎是被硬逼着上场的。但当他迈开双腿，便不顾一切地在场上奔跑起来时，他渐渐忘了是在跟谁踢球，甚至连自己的存在也忘了，只是习惯性地接球、盘球和传球。在快要结束训练时，他已经忘了桑托斯球队，而以为又是在故乡的球场上练球了。

　　那些使他深感畏惧的足球明星们，其实并没有一个人轻视他，而且对他相当友善。如果贝利能够相信自己，专心踢球，而不是无端地猜测和担心，他就不会承受那么多的精神压力。

智慧感悟

生活本无恙，是因为自己想得太多才变得危机四伏。其实，忘掉自我，专心投入地做当前的事，许多心病自然而然就消除了，而你也终将发现，原来什么问题都没有，从头到尾只不过是你自己吓唬自己罢了。

对自己说"不要紧"

一天，一位老教授在王丽的班上说："我有句三字箴言要奉送给各位，它对你们的学习和生活都会大有帮助，而且可使人心境平和，这三个字就是'不要紧'。"

王丽领会到了那句三字箴言所蕴含的智慧，于是便在笔记簿上端端正正地写下了"不要紧"三个大字。她决定不让挫折感和失望破坏自己平和的心境。

后来，她的心态遭到了考验。她爱上了英俊潇洒的李刚，王丽确信他是自己的白马王子。

可是有一天晚上，李刚却温柔婉转地对王丽说，他只把她当作普通朋友。王丽以他为中心构想的世界当时就土崩瓦解了。那天夜里王丽在卧室里哭泣时，觉得笔记簿上的"不要紧"那几个字看来很荒唐。"要紧得很，"她喃喃地说，"我爱他，没有他我就不能活。"

但第二天早上王丽醒来再看到这三个字之后，就开始分析自己的情况：到底有多要紧？李刚很要紧，自己很要紧，我们的快乐也很要紧。但自己会希望和一个不爱自己的人结婚吗？

日子一天天过去了，王丽发现没有李刚，自己也可以生活。王丽觉得自己仍然能快乐，将来肯定会有另一个人进入自己的生活，即使没有，她也仍然能快乐。

几年后,一个更适合王丽的人真的出现了。在兴奋地筹备婚礼的时候,她把"不要紧"这三个字抛到九霄云外。她不再需要这三个字了,她觉得以后将永远快乐,她的生命中不会再有挫折和失望了。

然而,有一天,丈夫和王丽却得到了一个坏消息:他们曾经投资做生意的所有积蓄全部赔掉了。

丈夫把信念给王丽听了之后,她看到他双手捧着额头。她感到一阵凄酸,胃像扭作一团似的难受。王丽又想起那句三字箴言:"不要紧。"她心里想:"真的,这一次可真的是要紧!"

可是就在这时候,小儿子用力敲打他的积木的声音转移了王丽的注意力。儿子看见妈妈看着他,就停止了敲击,对她笑着,那副笑容真是无价之宝。王丽把视线越过他的头望出窗外,在院子外边,王丽看到了生机盎然的花园和晴朗的天空。她觉得自己的胃顿时舒展,心情也恢复了。于是她对丈夫说:"一切都会好起来的,损失的只是金钱。实在'不要紧'。"

★智慧感悟★

生命中有很多突发的变故,会给我们的心灵带来巨大的压力,很多人会因为这些压力而变得一蹶不振,甚至会因此而失去生活的勇气。事实上,很多问题并不像我们想象的那么严重,面对这些人生的狂风暴雨,如果我们能够尝试着对自己说"不要紧",时刻保持积极的心态,那么这些人生困难最终都将过去。

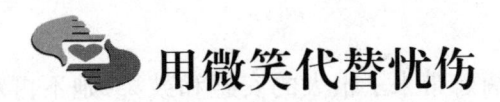

用微笑代替忧伤

有一天,唐娜接到国防部的电报,说她的侄儿——她最爱的一个人——在战场上失踪了。

唐娜的心一下子就悬了起来，原本开朗达观的她变得焦虑不安、茶饭不思。过了不久，她又接到了阵亡通知书。接到通知书的那一刻，她觉得自己的整个世界都塌陷了。

在此之前，唐娜一直觉得命运对自己很好。她说："伟大的上帝赐给我一份喜欢的工作，又让我顺利地抚养大了相依为命的侄儿。在我看来，我侄儿代表着年轻人美好的一切。我觉得我以前的努力，现在都应该有很好的收获……"

然而，现在却来了这样一份电报，她的整个世界都被粉碎了，她觉得再也没有什么值得自己活下去了，她找不到继续生存下去的借口。她开始忽视她的工作，忽视她的朋友，她抛开了生活的一切，对这个世界既冷淡又怨恨。"为什么我最爱的侄儿会死？为什么这么个好孩子——还没有开始他的生活就离开了这个世界？为什么他会死在战场上？"她觉得自己没有办法接受这个事实。她悲伤过度，决定放弃工作，离开家乡，把自己藏在眼泪和悔恨之中。就在她清理桌子准备辞职的时候，突然看到一封她已经忘了的信——一封她的侄儿生前寄来的信，当时，他的母亲刚刚去世。侄儿在信上说："当然我们都会想念她的，尤其是你。不过我知道你会平静度过的，以你个人对人生的看法，就能让你坚强起来。我永远不会忘记那些你教给我的美丽的真理。不论我在哪里生活，不论我们分离得多么遥远，我永远都会记得你的教导。你教我要微笑着面对生活，要像一个男子汉，要承受一切发生的事情。"

唐娜把那封信读了一遍又一遍，觉得侄儿就在自己的身边，正在对自己说话。他好像在对自己说："你为什么不照你教给我的办法去做呢？坚持下去，不论发生什么事情，把你个人的悲伤藏在微笑的下面，继续生活下去。"

侄儿的信为唐娜带来了很大的安慰和鼓舞，她不再对周围的一切充满敌意，不再对别人冷淡无礼，她又像以前那样充满希望地投入到工作中去。她一再对自己说："事情到了这个地步，我没有能力改变它，不过我能够像他所希望的那样继续活下去。"

唐娜把所有的心思和精力都用在工作上,她写信给前方的士兵——给别人的儿子们;晚上,她参加成人教育班——要找出新的兴趣,结交新的朋友。她几乎不敢相信发生在自己身上的种种变化。她说:"我不再为已经过去的那些事悲伤,现在我每天的生活都充满了快乐——就像我的侄儿要我做到的那样。"

智慧感悟

问题的关键不在于发生了什么事情,而在于我们怎样看待发生在自己身上的事情。无论发生了什么事情,你都必须接受既定的事实,把个人的悲伤掩藏在微笑下面,平静地继续生活,这是你应对生活的最好方式。

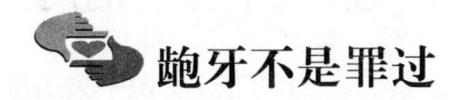

龅牙不是罪过

好莱坞著名的女歌星琳达原来只是一个电车车长的女儿,她自幼酷爱唱歌和表演,她想成为一名当红的好莱坞明星。但是她的脸长得并不好看,她的嘴很大,牙齿很龅,每一次公开演唱的时候——在新泽西州的一家夜总会里——她一直想把上嘴唇拉下来盖住她的牙齿。她想要表演得"很美",最终呢?她使自己大出洋相,注定了失败的命运。

但是,在那家夜总会里听琳达唱歌的一个人,却以为她很有天分。"我跟你说,"他很直率地说,"我一直在看你的表演,我知道你想掩藏的是什么,你觉得你的牙齿长得很难看。"琳达当时一下子觉得无地自容,可是那个人继续说道:"难道说长了龅牙就罪大恶极吗?不要想去遮掩,张开你的嘴,观众看到你不在乎,他们就会喜欢你的。

再说,"他很犀利地说,"那些你想遮起来的牙齿,说不定还会带给你好运呢!"

琳达接受了这位男士的忠告,不再去注意牙齿。从那时候起,她只想到她的观众,她张大了嘴巴,热情而高兴地唱着,这使她成为电影界和广播界的一流红歌星。其他的喜剧演员如今都还希望能学她的样子呢!

智慧感悟

喜欢你自己,愉快地接纳你自己,培养自信心。每个人都是一个独特的个体,一个人只有全面地接受自己,才能走出自卑、自责的心灵沼泽,活出精彩的自己。

关上身后的门

曾任英国首相的乔治有一个习惯——随手关上身后的门。有一天,乔治和朋友在院子里散步,他们每经过一扇门,乔治总是随手把门关上。"你有必要把这些门关上吗?"朋友很是纳闷。

"哦,当然有这个必要。"乔治微笑着说,"我这一生都在关我身后的门。你知道,这是必须做的事。当你关门时,也将过去的一切留在后面,不管是美好的成就,还是让人懊恼的失误,然后,你又可以重新开始。"

朋友听后,陷入了沉思。

"我这一生都在关我身后的门。"多么经典的一句话!漫步人生,我们难免会经历一些风吹雨打,心中多少要留下一些心痛的回忆。我们需要总结昨天的失误,但我们不能对过去的失误和不愉快耿耿于怀,伤感也罢,悔恨也罢,都不能改变过去,不能使你更聪明、更完美。如果总是背着沉重的怀旧包袱,为逝去的流年感伤不已,那只会白白耗费眼前的大好时光,也就等于放弃了现在和未来。

智慧感悟

要想让自己成为一个开心快乐的人,就要记着随时将一些懊恼、忧虑、遗憾拒之门外,将以往的痛苦抛诸脑后。这样,你才能充满希望地走向未来。

第七章

生活是条河，只有豁达的人才能到达彼岸

> 人生道路上，每一次辉煌的背后肯定都有一个凤凰涅槃的故事，世上没有不弯的路，人间没有不谢的花。折磨原本就是生命旅途中一道不可或缺的风景。生命，也总是在各种各样的折磨中茁壮成长。
>
> 自然界的一切事物如果想要变得更强，必须经过折磨。人也一样，只有历经折磨的人，才能够更快、更好地成长。人生，永远只能在折磨中得到升华。学会感谢折磨你的人，你才能真正领悟生活的真谛。

凡墙都是门

两个亚洲小孩儿因为有着特殊背景,都被来自欧洲的外交官家庭所收养。两个人都上过世界有名的学校,但他们俩之间存在着不小的差别:其中一位40岁出头已是成功的商人,他实际上已经可以退休享受人生了;而另一位是学校教师,收入低,并且一直觉得自己很失败。

有一天,他们一起出去吃晚饭。晚餐在烛光映照下开场了,不久,话题进入了在国外的生活。因为在座的几个人都有过周游列国的经历,所以他们开始谈论在异国他乡的趣闻逸事。随着话题的一步步展开,那位学校教师开始越来越多地讲述自己的不幸:她是一个如何可怜的亚细亚孤儿,又如何被欧洲来的父母领养到遥远的瑞士,她觉得自己是如何的孤独。

开始的时候,大家都表现出同情。随着她的怨气越来越重,那位商人变得越来越不耐烦,终于忍不住在她面前把手一挥,制止了她的叙述:"够了!你说完了没有?你一直在讲自己有多么不幸。你有没有想过如果你的养父母当初在成百上千个孤儿中挑了别人又会怎样?"那位教师直视着商人说:"你不知道,我不开心的根源在于……"然后接着描述她所遭遇的不公正待遇。

最终,商人说:"我不敢相信你还在这么想!我记得自己25岁的时候无法忍受周围的世界,我恨周围的每一件事,我恨周围的每一个人,好像所有的人都在和我作对似的。我很伤心无奈,也很沮丧。我那时的想法和你现在的想法一样,我们都有足够的理由抱怨。"他越说越激动,"我劝你不要再这样对待自己了!想一想你有多幸运,你不必像真正的孤儿那样度过悲惨的一生,实际上你接受了非常好的教育。你负有帮助别人脱离贫困漩涡的责任,而不是找一堆自怨自艾的借口把自己围起来。在我摆脱了顾影自怜,同时意识到自己究竟有多幸运之后，我才获得了现在的成功！"

那位教师深受震动。这是第一次有人否定她的想法，打断了她的凄苦回忆，而这一切回忆曾多么容易引起他人的同情。

商人很清楚地说明他们两人在同样的环境下历经挣扎，而不同的是他通过清醒的自我选择，让自己看到了有利的方面，而不是不利的阴影，"凡墙都是门"，即使你面前的墙将你封堵得密不透风，你也依然可以把它视作你的一种出路。

★智慧感悟★

别跟自己过不去，拆掉面前的墙，这才是一种精神上的解脱。只有这样，我们才能从容走自己选择的路，做自己喜欢的事，我们的心灵才不会被挤压得支离破碎，才能永远保持对生活的美好认识和执着追求。

折磨迎来新生

禅宗典籍《五灯会元》上曾记载这样一则故事：德山禅师在尚未得道之时曾跟着龙潭大师学习，日复一日地诵经苦读让德山有些忍耐不住。一天，他跑去问师父："我就是师父翼下正在孵化的一只小鸡，真希望师父能从外面尽快地啄破蛋壳，让我早日破壳而出啊！"

龙潭笑着说："被别人剥开蛋壳而出的小鸡，没有一个能活下来的。母鸡的羽翼只能提供让小鸡成熟和有破壳力的环境，你突破不了自我，最后只能胎死腹中。不要指望师父能给你什么帮助。"

德山听后，满脸迷惑，还想开口说些什么，龙潭说："天不早了，你也该回去休息了。"德山撩开门帘走出去时，看到外面非常黑，就说："师父，天太黑了。"龙潭便给了他一支点燃的蜡烛，他刚接过来，龙潭就把蜡烛熄灭，并对德山说："如果你心头一片黑暗，那么，什么样的蜡烛也无法将其照亮啊！即使我不把蜡烛吹灭，说不定哪阵风也要将其吹灭啊！只有点亮心灯一盏，天地自然成了一片光明。"

德山听后，如醍醐灌顶，后来果然青出于蓝，成了一代大师。

鹰是世间寿命最长的鸟类。它一生的年龄可达70岁。在40岁时，它如果要继续活下去必须经历一次痛苦的重生。

当鹰活到40岁时，它的爪子开始老化，不能有效地抓住猎物。它的喙开始变得又长又弯，几乎触到胸膛。它的翅膀也开始变得沉重，因为它的羽毛长得又浓又厚，飞翔都显得有些吃力。

这时它只有两种选择：等死，或开始一次痛苦的重生——150天漫长的操练。它必须很卖力地飞到山顶，在悬崖上筑巢，停留在那里，不能飞翔。

鹰首先用它的喙击打岩石，直到喙完全脱落，然后静静地等待新的喙长出来。它会用新长出的喙把指甲一根一根地拔出来。当新的指甲长出来后，就再把羽毛一根一根地拔掉。5个月以后，新的羽毛长出来了，鹰经历了一次重生。

如果40岁的鹰选择逃避，那么等待它的就是生命的枯萎。它唯有选择经历苦痛，生命才得以重生。重生与成功的道路上注定会荆棘密布。

智慧感悟

人生道路上，每一次辉煌的背后肯定都有一个凤凰涅槃的故事，世上没有不弯的路，人间没有不谢的花。折磨原本就是生命旅途中一道不可或缺的风景。生命，也总是在各种各样的折磨中茁壮成长。

反击别人不如充实自己

成功学大师戴尔·卡耐基刚开始拓展事业的时候，经常在全国各地巡回演讲，举办一些成人教育班和座谈会。

某次的活动里，来了一位纽约《太阳报》的记者，他后来在报道中毫不留情地攻击卡耐基和他所热爱的工作。

这对年轻气盛的卡耐基来说，不只是一桶泼在头上的冷水，简直是一桶恶臭难当的馊水。

卡耐基看了报纸，越想越恼火。这些文字侮辱了他的人格、他的理想，以及他全心全意专注的事业，根本是这个记者在刻意歪曲事实。

气急败坏之下，卡耐基马上打电话给《太阳报》执行委员会的主席，要求刊登一篇声明，以澄清真相。

是可忍，孰不可忍！卡耐基当时只有一个念头，就是一定要让犯错的人受到应有的惩罚。

几年之后，卡耐基的事业规模越来越庞大，他不禁为自己当时的幼稚行为感到惭愧。

因为，他直到这时才体会到，当时气冲冲地发表自己的文章，想要借此昭告天下、澄清事实，但是实际上，看那份报纸的人也许当中只有1/10会看到那篇文章；看到那篇文章的人里面可能有1/2会把它当成一件微不足道的小事；而真正注意到这篇文章的人里面，又有1/2会在几个礼拜之后，把这件事忘得一干二净，如此一来，刊登这篇文章有什么作用呢？

经过一番思考，卡耐基的处事态度更为成熟，他明白了这样一个道理：

面对别人的批评指教，你可以回敬同样的"礼数"，这也许会使你的怨气得以宣泄，但是却不会让你有更好的名声。因为，当你反击对手、平反自己时，你还是同一个你，根本没有一点进步，喜欢你的人依然喜欢你，不接受你的人还是不接受你。这就像生气地把一块大石头丢进海水里，只会有一瞬间的水花，转眼却又风平浪静。

★智慧感悟★

多充实自己，你就会像一座山一样，慢慢高过所有的山，甚至高过空中的白云，这时，也许别人对你的折磨，你只会有感激的想法了。

把折磨当成前进的动力

你曾经被你的老师要求抄写生字10遍吗？你曾经被你的教练要求跑1000米吗？你曾经被你的上司训话吗？你曾经被你的顾客抢白而无言以对吗……生活中的折磨无处不在，你是怨天尤人、忧虑度日，还是接受折磨，更加奋勇前进，这取决于你的选择。记住，你的选择会决定你的命运。

把折磨当成自己前进的动力，使自己经受折磨的雕琢，最终走向成功，才是你最明智的选择。

美国的一所大学进行了一个很有意思的实验。实验人员用很多铁圈将一个小南瓜整个箍住，以观察它逐渐长大时，能抵抗多大由铁圈给予它的压力。当初实验员估计南瓜最多能够承受400磅的压力。

在实验的第一个月，南瓜就承受了400磅的压力。实验到第二个月时，这个南瓜承受了1000磅的压力。当它承受到2100磅的压力时，研究人员开始对铁圈进行加固，以免南瓜将铁圈撑开。

当研究结束时，整个南瓜承受了超过4000磅的压力，到这时，瓜皮才因为巨大的反作用力产生破裂。研究人员取下铁圈，费了很大的力气才打开南瓜。它已经无法食用，因为试图突破重重铁圈的压迫，南瓜中间充满了坚韧牢固的层层纤维。为了吸收充足的养分，以便于提供向外膨胀的力量，南瓜的根系总长甚至超过了8万英尺，所有的根不断地往各个方向伸展，几乎穿透了整个实验田的每一寸土壤。

南瓜因为外界的压力而变得更加茁壮，人生也是如此。许多时候我们夸大了那些强加在我们身上的折磨的力量，其实生命还可以承受更大的压力，因为只要你想，你就能开发出更加惊人的潜能。

智慧感悟

在艰难而漫长的人生路上，我们需要一颗健康的心，需要绚烂的笑容。折磨是一所没有人愿意上的大学，但从那里毕业的，都是强者。

不能流泪就选择微笑

在美国艾奥瓦州的一座山丘上，有一座不含任何合成材料、完全用自然物质搭建而成的房子。住在里面的人需要依靠人工灌注的氧气生存，并只能以传真的形式与外界联络。房子里的主人叫辛蒂。1985年，辛蒂还在医科大学念书。有一次，她到山上散步，带回了一些蚜虫。回来后，她拿起杀虫剂为蚜虫去除化学污染，就在这时，她突然感觉到一阵痉挛。她原以为那只是暂时性的症状，却没有料到自己的后半生从此变得悲惨至极。

原来，这种杀虫剂内所含的一种化学物质使辛蒂的免疫系统遭到破坏，使她对香水、洗发水以及日常生活中可接触的所有化学物质一律过敏，甚至连空气也可能使她的支气管发炎。这种"多重化学物质过敏症"是一种奇怪的慢性病，到目前为止仍无药可医。

患病的前几年，辛蒂一直流口水，尿液变成绿色，有毒的汗水刺激背部，形成了一块块疤痕；她甚至不能睡在经过防火处理的床垫上，否则就会引发心悸和四肢抽搐——辛蒂所承受的痛苦是常人难以想象的。1989年，她的丈夫吉姆用钢和玻璃为她盖了一所无毒房间，一个足以逃避所有威胁的"世外桃源"。辛蒂所有吃的、喝的都得经过选择与处理，她平时只能喝蒸馏水，食物中不能含有任何化学成分。

多年来，辛蒂没有见到过一棵花草，听不见一声悠扬的歌声，阳光、流水和风等正常人毫不费力就可以拥有的美好东西，她无法享有。她躲在没有任何饰物的小屋里，饱尝孤独之苦。更可悲的是，无论怎样难受她都不能哭泣，因为她的眼泪跟汗液一样也是有毒的物质。

但坚强的辛蒂并没有在痛苦中自暴自弃，她一直在为自己，同时更为所有化学污染物的牺牲者争取权益。辛蒂在生病后的第二年，就创立了"环境接触研究网"，以便为那些致力于此类病症研究的人士提供一个窗口。1994年，辛蒂又与另一组织合作，创建了"化学物质伤害资讯网"，提醒人们免受威胁。目前，这一资讯网已有5000多名来自32个国家的会员，不仅发行了刊物，还得到美国参议院、欧盟及联合国的大力支持。

谁能想象在最初的一段时间里，辛蒂每天都沉浸在痛苦之中，想哭却不能哭。随着时间的推移，她渐渐改变了对生活的态度，她说："在这寂静的世界里，我感到很充实。因为我不能流泪，所以我选择了微笑。"

智慧感悟

每个生命都有它存在的意义，就算残缺的生命也照样可以体现自身的价值，关键是看你如何看待这份残缺的生命。低迷者可能觉得一片渺茫，而豁达者总觉得前途无量，你是想让自己的生命继续残缺下去还是发挥它的价值呢？决定权永远在你自己手上！

第七章 生活是条河，只有豁达的人才能到达彼岸

选择生命的光明面

乔治森是个不同寻常的人，他的心情总是很好。

当有人问他近况如何时，他会说："我快乐无比。"

乔治森是个商场经理，如果哪个雇员心情不好，乔治森就会告诉他怎么去看事物的正面。

这样的生活态度实在让人好奇，终于有一天，他的朋友安德鲁对他说，这很难办到！一个人不可能总是看到事情的光明面。

"你是怎么做到的？"安德鲁问道。

乔治森答道："每天早上我一醒来就对自己说，乔治森，你今天有两种选择，你可以选择心情愉快，也可以选择心情不好。我选择心情愉快；每次有坏事发生时，我可以选择成为一个受害者，也可以选择从中学些东西。我选择从中学习；每次有人跑到我面前诉苦或抱怨，我可以选择接受他们的抱怨，也可以选择指出事情的正面。我选择后者。"

"是！对！可是没有那么容易吧。"安德鲁立刻辩解。

"就是有那么容易。"乔治森答道，"人生就是选择。当你把无聊的东西都剔除后，每一种处境下就面临一个选择。你选择如何去面对各种处境；你选择别人的态度如何影响你的情绪；你选择心情舒畅还是糟糕透顶。归根结底，你自己选择如何面对人生。"

几年后，乔治森不幸出事了：有一天早上，他忘记了关后门，被两个持枪的强盗拦住了。强盗因为紧张而受了惊吓，对他开了枪。幸运的是，乔治森被及时发现并送进了急诊室。经过16个小时的抢救和几个星期的精心照料，乔治森出院了，但仍有小部分弹片留在他的体内。

事情发生后8个月,安德鲁见到了乔治森,问他近况如何,他答道:"我快乐无比。想不想看看我的伤疤?"安德鲁屈身看了他的伤疤,又问他当面对强盗时,他想些什么?"第一件在我脑海中浮现的事是,我应该关后门。"乔治森答道,"当我躺在地上时,我对自己说有两个选择:一是死,一是活。我选择了活。"

"你不害怕吗?有没有失去知觉?"安德鲁问道。乔治森继续说:"医护人员都很好。他们不断告诉我,我会好的。但当他们把我推进急诊室后,我看到他们脸上的表情,从他们的眼中我读到了:他是个死人。我知道我需要采取一些行动了。""你采取了什么行动?"安德鲁赶紧问。

"有个温柔大方的护士大声问我问题,她问我有没有对什么东西过敏。我马上答:'有的。'这时,所有的医生、护士都停下来等着我说下去。我深深地吸了一口气,然后大声吼道:'子弹!'在一片大笑声中,我又说道:'请把我当活人来医。'"

智慧感悟

事情总有正面和反面之说,如果我们一直选择正面,用正确的态度去面对,那么在你的内心及你的周围就会充满温馨。

如果把人生比喻成一条时而宁静、时而波涛汹涌的大河,那么彼岸灿烂的烟火注定只有乐观的摆渡者才能看到。

找到心理的平衡点,生活才会平衡

弗洛姆是一位著名的心理医生,他每天要接待很多的病人,并且需要十分耐心地倾听病人述说心中的忧郁和焦虑。他每天所接触的都

第七章 生活是条河，只有豁达的人才能到达彼岸

是一张张愁眉苦脸，日子一久，他觉得心中的压力非常大。为了平衡自己的情绪、缓解压力，他时常去看喜剧，让自己开怀大笑一番。

有一天，弗洛姆正在低头记录病人的诊断结果，却听到一个熟悉的声音："医生，我很不快乐，生活中没有能够让我开心的事情，活着实在是没有什么意义，我真想死。"

弗洛姆抬头一看，对方居然是让自己捧腹大笑的喜剧演员！

这样的巧遇，让弗洛姆不禁哑然失笑。他低头想了一下说："这样吧！你我交换一下，我当一天喜剧演员，你当一天心理医生，如何？"

喜剧演员以为弗洛姆在开玩笑，但看他一脸认真的表情，考虑片刻，接受了这个建议。

喜剧演员扮演"代理医生"，除了药方由在幕后的弗洛姆开列之外，他有模有样地询问病人的病情，并且努力开导病人去寻找一个正确的人生方向。

弗洛姆在喜剧演员的教导之下，也在剧院表演喜剧。他忘却了自己的医生身份，在舞台上装疯卖傻，惹得观众捧腹大笑。弗洛姆站在舞台上，看到台下有这么多的笑脸，他的心情好极了。

之后两人又恢复各自的身份。有一天，喜剧演员又来看心理医生。"医生，我找到了平衡点，现在我知道了，其实我的工作非常有意义，我的每一个喜剧动作所带来的每个笑容都是我的成就。我不想死了，因为我的存在可以帮助那么多不快乐的人，让他们获得生活上的平衡。"喜剧演员容光焕发地说。

弗洛姆微笑着点了点头说："是啊！我也要谢谢你让我有机会知道，我也有能力制造人们的笑脸。"

从此以后，弗洛姆的诊疗室中总是充满了弗洛姆的幽默话语和病人的哈哈大笑。

智慧感悟

生活并不是绝对公平的，但这并不可怕，可怕的是我们的心理因

此失去了平衡。这时候，如果能让自己尝试着站在别人的立场上来审视自己的生活，你就会找到生活的平衡点，重新发现生活的意义和乐趣。

拿得起放得下，才是真豪杰

多年前，马来西亚有一家国营钢铁厂经营不景气，亏损高达15亿元。首相找到华裔企业家谢英福，请他担任公司总裁，他不假思索地答应了。在别人看来，这是一个错误的决定，因为钢铁厂债重难还，生产设备落后，员工凝聚力涣散，这是一个巨大的、根本无法填平的洞。

面对种种议论，谢英福却坦然地对媒体说："当年我来到马来西亚时，口袋里只有5元钱，这个国家令我成功，现在我要报效这个国家，如果我失败了，那就等于损失了5元钱。"

最终，年近六旬的谢英福从别墅里搬出来，住进了那家破败的钢铁厂。3年后，工厂起死回生，开始赢利。

拿得起放得下，这是一种勇气，更是一种超脱。

智慧感悟

唯有放得下，才能将该拿得起的东西更好地把握住，从而抓住最重要的东西。所以，有人说，人生最难得的品质就是拿得起放得下。只有具备这种品质，你才能活得轻松而幸福。

第七章 生活是条河，只有豁达的人才能到达彼岸

洞悉生命，无处不是宁静

有一位虔诚的佛教信徒，每天都从自家的花园里采撷鲜花到寺院供佛。一天，当他正送花到佛殿时，碰巧遇见无德禅师从法堂出来，无德禅师欣喜地说道："你每天都这么虔诚地来以香花供佛，据经典记载，常以香花供佛者，来世当得庄严相貌的福报。"

信徒非常欢喜地回答道："这是应该的，我每天来寺礼佛时，自觉心灵就像洗涤过似的清凉，但回到家中，心就烦乱了。我如何才能保持一颗清净纯洁的心呢？"

无德禅师反问道："你以鲜花献佛，应该知道如何保持花朵的新鲜吧？"

信徒答道："保持花朵新鲜的方法，莫过于每天换水，并且在换水时把花梗剪去一截，因花梗的一端在水里容易腐烂，腐烂之后水分不易吸收，花朵就容易凋谢！"

无德禅师道："保持一颗清净纯洁的心，其道理也是一样，我们的生活环境像瓶里的水，我们就是花，唯有不停地净化我们的身心，才能不断地吸收到大自然的养分。"

信徒听后，欢喜作礼感谢道："谢谢禅师的开示，希望以后有机会亲近禅师，过一段禅者的生活，享受晨钟暮鼓、菩提梵唱的宁静。"

无德禅师道："你的呼吸便是梵唱，脉搏跳动就是钟鼓，身体便是庙宇，两耳就是菩提，无处不是宁静，又何必非得到寺院中生活呢？"

★★★★★
智 慧 感 悟
★★★★★

宁静与淡泊才是生活的真谛，只有洞悉了这一点，我们的生活才

能素而不乱、缓而有序、不骄不躁，才能创造和经营属于自己的一片天空。

心怀感恩对自己也是一种解脱

有一天，素有森林之王之称的狮子来到天神面前："我很感谢你赐给我如此雄壮威武的体格、如此强大无比的力气，让我有足够的能力统治这整片森林。"

天神听了，微笑着问："这不是你今天来找我的目的吧？看起来你似乎为了某事而困扰呢！"

狮子轻轻吼了一声，说："天神真了解我啊！我今天来的确有事相求。尽管我的能力强，但每天鸡鸣的时候，我总会被鸡鸣声给吓醒。神啊！祈求您，再赐给我一种力量，让我不再被鸡鸣声给吓醒吧！"

天神笑道："你去找大象吧，它会给你一个满意的答复。"

狮子兴冲冲地跑到湖边找大象，还没见到大象，就听到大象跺脚所发出的"砰砰"响声。

狮子加速跑向大象，却看到大象正气呼呼地直跺脚。

狮子问大象："你干吗发这么大的脾气？"

大象拼命摇晃着大耳朵，吼着："有只讨厌的小蚊子，总想钻进我的耳朵里，害得我都快痒死了。"

狮子离开了大象，心里暗自想着："原来体形这么巨大的大象，还会怕那么瘦小的蚊子，那我还有什么好抱怨的呢？毕竟鸡鸣也不过一天一次，而蚊子却是无时无刻不在骚扰着大象。这样想来，我可比它幸运多了。"

狮子一边走，一边回头看仍在跺脚的大象，心想："天神要我来看看大象的情况，应该就是想告诉我，谁都会遇上麻烦事，而他却无法

第七章　生活是条河，只有豁达的人才能到达彼岸

帮助所有人。既然如此，那我只好靠自己了！反正以后只要鸡鸣时，我就当作鸡在提醒我该起床了，如此一想，鸡鸣声对我还算有益处呢！"

智慧感悟

实际上，老天是最公平的，就像它对狮子和大象一样，赋予人生的每种困境都有其存在的理由。

既然挫折是不可避免的，我们还不如用一颗感恩的心坦然接受每一次失败，每一次逆境。

心灵不需要装饰，平常心最完美

一个皇帝想要整修在京城里的一座寺庙，他派人去找技艺高超的设计师，希望能够将寺庙整修得美丽而又庄严。

后来，皇帝找来了两组整修人员，其中一组是京城里很有名的工匠与画师，另外一组是几个和尚。

由于皇帝不知道到底哪一组人员的手艺比较好，于是他就决定给他们一次机会以作比较。皇帝要求这两组人员，各自去整修一个小寺庙，3天之后，皇帝要来验收成果。

工匠们向皇帝要了100多种不同颜色的颜料，又要了很多工具；而让皇帝很奇怪的是，和尚们居然只要了一些抹布与水桶等简单的清洁用具。

3天之后，皇帝来验收。

他首先看了工匠们所装饰的寺庙，工匠们敲锣打鼓地庆祝工程的完成，他们用了非常多的颜料，以非常精巧的手艺把寺庙装饰得五颜

六色。

皇帝很满意地点点头，接着回过头来看看和尚们负责整修的寺庙。他愣住了，和尚们所整修的寺庙没有涂上任何颜料，他们只是把所有的墙壁、桌椅、窗户等都擦拭得非常干净，寺庙中所有的物品都显出了它们原来的颜色，而它们光亮的表面就像镜子一般，无瑕地反射出外面世界的美丽色彩：天边多变的云彩，随风摇曳的树影，甚至是对面五颜六色的寺庙，都变成了这座寺庙美丽色彩的一部分，而这座寺庙只是宁静地接受这一切。

皇帝被这庄严的寺庙深深地感动了。

智慧感悟

我们的心灵就像这座神圣的寺庙，无须过多颜色的雕饰，我们需要的只是滋养心灵，还心灵以本色。

第八章

有钱人和你想的不一样

金钱是一种思想,这是罗伯特·清崎在《穷爸爸,富爸爸》一书中提出的一个理念。贫穷与富裕的分水岭就在于会不会思考。善于思考,财富便无处不在;一味蛮干,辉煌将遥遥无期。

康有为在"维新变法"运动中曾提出"穷则变,变则通,通则久"。你现在的贫穷并不可怕,从某种意义上来说,贫穷是一种资源,也是一种力量,只要你改变自己的贫穷思维,接受富有的思维,你就会像富人一样行动,并开拓出自己的财富人生。

冯谖的"炒作学"

齐王受秦国和楚国谗言的欺骗,认为孟尝君的名望高过他自己,而且在齐国专权,就罢免了孟尝君的职位。孟尝君的门客知道这个消息后,都纷纷散去,最后只剩冯谖一个人。

冯谖对孟尝君说:"请借给我一辆车,让我到秦国去,我一定让你重受国君的重用,增加封地,你愿意吗?"

孟尝君于是准备车子和礼物,派他去秦国。

冯谖对秦王说:"天下的游士驱车入秦,都想使秦国强盛,使齐国削弱;而驱车入齐的却都想使齐国强盛,使秦国削弱。这是因为秦、齐两国势不两立,谁能称雄就能拥有天下。"

秦王听了,单膝跪地请教说:"怎样才能使秦国称雄呢?"

冯谖反问道:"大王知道齐国罢免孟尝君的事吗?"

秦王答:"知道。"

冯谖说:"辅佐齐国使之在天下举足轻重,都是孟尝君的功劳。现在齐王听信别人的诽谤,罢免了孟尝君。孟尝君心中怨恨,一定会背叛齐国。如果他能投奔秦国,齐国的人心自然随之倒向秦国,齐国的国土就在秦王掌握之中了,岂止是称雄而已?大王应该赶快派使者带着厚礼,去迎聘孟尝君,千万不要错失良机。否则,如果齐国醒悟过来,再重用孟尝君,那么秦、齐两国谁能称雄天下,就未可预料了。"

秦王听了很高兴,当即派出10辆车,载着100镒黄金去迎聘孟尝君。

冯谖辞别秦王,先行赶回齐国,游说齐王:"天下的游士驱车入齐的,都想使齐国强盛,使秦国削弱;驱车入秦的,则想使秦国强盛,使齐国削弱。这是因为齐、秦两国势不两立,一旦秦国强盛,齐国就会因此削弱。现在我听说秦国派遣专使,带车10辆、黄金百镒,来迎聘孟尝君。孟尝君不西去秦国就罢了,一旦他去辅佐秦国,天下人都会去归附他。到那时秦国强盛,齐国削弱,齐国的临淄、即墨地区就危险了。大王何不在秦国使者到来之前,恢复孟尝君的职位,增加他的封邑,向他表示道歉呢?这样做,孟尝君一定会欣然接受。秦国即使强大,又怎么能强请别国人去当丞相呢?"

齐王说:"好。"当即召见孟尝君,恢复他原来的相国职位和封地,还增加1000户封邑。秦国使者恰好在这时来到齐国,听说此事,只好返回。

冯谖的计谋是成功的。他凭三寸不烂之舌,说服秦王派出10辆车,又载100镒黄金去迎聘刚刚被齐王解除相国权位的孟尝君;之后,冯谖又去面见齐王,报告秦王要重用孟尝君的事情,同时又劝说齐王恢复孟尝君的职务。这是一种策略,用现代的话说,冯谖必须先把已经下野的孟尝君在秦王那里再"炒"起来,给齐王施加压力,让齐王认识到孟尝君的价值,这样,齐王才能再度起用孟尝君。

★智慧感悟★

从上面的这则故事中,应该悟出这样一个道理:适当的"炒作",在竞争日趋激烈的社会里是有必要的。如果"炒作"得体,可以使自己的事业收到事半功倍的效果。

妙手生花，让钱生钱

真正的挣钱人对金钱有着独特的理解，他们赚钱是为了花出去，他们花钱是为了赚更多的钱。洛克菲勒王朝的创始人约翰·戴维森·洛克菲勒的童年时光是在一个叫摩拉维亚的小镇上度过的。每当黑夜降临，约翰常常和父亲点着蜡烛，相对而坐，一边煮着咖啡，一边天南地北地聊着，话题又总是少不了怎样做生意赚钱。约翰·洛克菲勒从小就满脑子装满了父亲传授给他的生意经。

7岁那年，一个偶然的机会，约翰在树林中玩耍时，发现了一个火鸡窝。于是他眼珠一转，计上心来。他想火鸡是大家都喜欢吃的肉食品，如果他把小火鸡养大后卖出去，一定能赚到不少钱。于是，洛克菲勒此后每天都早早来到树林中，耐心地等到火鸡孵出小火鸡后暂时离开窝巢的间隙，飞快地抱走小火鸡，把它们养在自己的房间里，细心照顾。

到了感恩节，小火鸡已经长大了，他便把它们卖给附近的农庄。于是，洛克菲勒的存钱罐里，镍币和银币逐渐增多，变成了一张张绿色的钞票。不仅如此，洛克菲勒还想出一个让钱生更多钱的妙计。他把这些钱贷给耕作的佃农们，等他们收获之后就可以连本带利地收回。一个年仅7岁的孩子竟能想出卖火鸡赚大钱的主意，不能不令人惊叹！

父亲和母亲对长子行为的反应截然相反。笃信宗教、心地善良的母亲对此又气又恼，狠狠地把他揍了一顿，可是颇有眼光的父亲却说："哎呀，爱丽莎，你何必呢！这个国家现在最重要的就是钱、钱、钱！"他对儿子的行为大加赞赏，满心欢喜。约翰·洛克菲勒就是由这样一个相信圣经上所写的一言一语、敬畏上帝的基督教徒的母亲抚养大，由父亲的实际处世之道教育成人的。

在摩拉维亚安下家以后，父亲雇用长工耕作他家的土地，他自己则改行做了木材生意。人们喜欢称他父亲为"大比尔",大比尔工作勤奋,常常受到赞扬,另外他还热心社会公益事业,诸如为教会和学校募捐等,甚至参加了禁酒运动,一度戒掉了他特别喜爱的杯中之物。

大比尔在做木材生意的同时,不时向小约翰传授这方面的经验。洛克菲勒后来回忆道:"首先,父亲派我翻山越岭去买成捆的薪材以便家里使用,我知道了什么是上好的硬山毛榉和槭木;我父亲告诉我只选坚硬而笔直的木材,不要任何大树或'朽'木,这对我是个很好的训练。"

年幼的洛克菲勒在经商方面初露锋芒。在和父亲的一次谈话中,大比尔问他:

"你的存钱罐,大概存了不少钱吧?"

"我贷了50美元给附近的农民。"儿子满脸的得意神情。

"是吗?50美元?"父亲很是惊讶。因为在那个时代,50美元是个不小的数目。

"利息是7.5%,到了明年就能拿到3.75美元的利息。另外我在你的马铃薯(即土豆)地里帮你干活儿,工资每小时0.37美元,明天我把记账本拿给你看。其实,这样出卖劳动力很不划算。"洛克菲勒滔滔不绝,很是在行地说着,毫不理会父亲的惊讶表情。

父亲望着刚刚12岁就懂得贷款赚钱的儿子,喜爱之情溢于言表,儿子的精明不在自己之下,将来一定会大有出息的。

智慧感悟

财富的积累需要储蓄,但如果一直储蓄,不思投资,那么钱就成为死钱。你虽然不会为没钱生活而忧虑,但你也永远不能成为亿万富翁。钱就像水一样,只有流动起来了,才能创造更多的价值。

毁掉名画的策略

一位印度人拿了 3 幅名画，这 3 幅画均出自名画家之手，恰好被一位美国画商看中，这位美国人自以为很聪明，他认定：既然这 3 幅画都是珍品，必有收藏价值，假如买下这 3 幅画，经过一段时期的收藏肯定会大大涨价，那时自己一定会发一笔大财。他打定主意，无论如何也要买下这 3 幅画。

于是，他问那位印度人："先生，你带来的画不错，如果我要买的话，你看要多少钱 1 幅？"

"你是 3 幅都买呢，还是只买 1 幅？"印度人反问道。

"3 幅都买怎么讲？只买 1 幅又怎么讲？"美国人开始算计了。他的如意算盘是先和印度人敲定一幅画的价格，然后再和盘托出，把其他两幅一同买下，肯定能占点儿便宜，多买少算嘛！

印度人并没有直接回答他的问题，只是表情上略显难色。美国人却沉不住气了，他说："那么，你开个价，1 幅要多少钱？"

这位印度人是一位地地道道的商业精，他知道自己的画的价值，而且他还了解到，美国人有个习惯，喜欢收藏古董名画，他要是看上，是不会轻易放弃的，必肯出高价买下。并且他从美国人的眼神中看出这个美国人已经看上了自己的画，心中就有底了。

于是印度人装作漫不经心的样子回答说："先生，如果你真心诚意地买，我看你每幅给 250 美元吧！这够便宜的！"

美国画商并非商场上的庸手，他抓住多买少算的砝码，1 美元也不想多出。于是，两个人讨价还价，谈判一下陷入了僵局。

那位印度人灵机一动，计上心来，装作大怒的样子，起身离开了谈判桌，拿起 1 幅画就往外走，到了外面二话不说就把画烧了。美国人很是吃惊，他从来没有遇到过这样的对手，对于烧掉的 1 幅画又惋惜又心痛，于是小心翼翼地问印度人剩下的两幅画卖多少钱。想不到烧掉 1 幅画后的印度人要价的口气更是强硬，两幅画少了 750 美元不卖。

美国画商觉得太亏了，少了 1 幅画，还要 750 美元。于是，强忍着怨气还是拒绝，只是要求少一点钱。

想不到，那位印度人不理他这一套，又怒气冲冲地拿出 1 幅画烧了。这回，美国画商可真是大惊失色，只好乞求印度人不要把最后 1 幅画烧掉，因为自己太爱这幅画了。接着又问这最后 1 幅画多少钱。

想不到印度人张口还是 750 美元。这一回画商有点儿急了，问："3 幅画与 1 幅画怎么能一样价钱呢？你这不是存心戏弄人吗？"

这位印度人回答："这 3 幅画出自知名画家之手，本来有 3 幅的时候，相对来说价值小点儿。如今，只剩下 1 幅，可以说是绝宝，它的价值已经大大超过了 3 幅画都在的时候。因此，现在我告诉你，这幅画 750 美元不卖，如果你想买，最低得出价 1000 美元。"

听完后，美国画商一脸的苦相，没办法，最后以 1000 美元成交。

★ 智慧感悟 ★

人常说："物以稀为贵。"懂得制造紧缺的氛围和局面，是赚取财富的一个有效方法。故事中 1 幅画卖出的最后价钱，高于开始时 3 幅画的总和，这是经济学中"一大于三"原理的妙用之例。

猫眼和猫身

美国有一位工程师和一位逻辑学家是无话不谈的好友。一次，两人相约赴埃及参观著名的金字塔。到埃及后，有一天，逻辑学家住进宾馆，仍然照常地写起自己的旅行日记，而工程师则独自徜徉在街头，忽然耳边传来一位老妇人的叫卖声："卖猫啊，卖猫啊！"

工程师一看，在老妇人身旁放着1只黑色的玩具猫，标价500美元。这位妇人解释说，这只玩具猫是祖传宝物，因孙子病重，不得已才出卖以换取治疗费。工程师用手一举猫，发现猫身很重，看起来似乎是用黑铁铸就的。不过，那一对猫眼则是珍珠的。

于是，工程师就对那位老妇人说："我给你300美元，只买下两只猫眼吧！"

老妇人一算，觉得行，就同意了。工程师高高兴兴地回到了宾馆，对逻辑学家说："我只花了300美元竟然买下两颗硕大的珍珠！"

逻辑学家一看这两颗大珍珠，少说也值上千美元，忙问朋友是怎么一回事。当工程师讲完缘由，逻辑学家忙问："那位妇人是否还在原处？"

工程师回答说："她还坐在那里，想卖掉那只没有眼珠的黑铁猫！"

逻辑学家听后，忙跑到街上，给了老妇人200美元，把猫买了回来。

工程师见后，嘲笑道："你呀，花200美元买个没眼珠的黑铁猫，真是鬼迷心窍了！"

逻辑学家却不声不响地坐下来摆弄这只铁猫。突然，他灵机一动，用小刀刮铁猫的脚，当黑漆脱落后，露出的是黄灿灿的一道金色的印迹。他高兴地大叫起来："正如我所想的，这猫是纯金的！"

原来，当年铸造这只金猫的主人，怕金身暴露，便将猫身用黑漆漆过，俨然是一只铁猫。对此，工程师十分后悔。此时，逻辑学家转过来嘲笑他说："你虽然知识很渊博，可就是缺乏一种思维的艺术，分析和判断事情不全面、不深入。你应该好好想一想，猫的眼珠既然是珍珠做成的，那猫的全身会是不值钱的黑铁所铸吗？"

★★★★★智慧感悟★★★★★

财富有时像隐匿于汪洋之下的冰山，我们看到的只是冰山的一角。

第八章 有钱人和你想的不一样

高财商者能做到察于"青苹之末",抓住线索"顺藤摸瓜",探寻到海平面以下的冰山全貌。

1 元钱的"繁殖"能力

曾经雄心勃勃的祥子破产了,所有的东西都被卖得一干二净。现在口袋里的 1 元钱及回家的车票是他所有的资产。

从深圳开出的 143 次列车开始检票了,他百感交集。"再见了!深圳。"一句告别的话,还没有说出,就已经泪流满面。

"我不能就这样走。"在跨上车门那一瞬间,祥子又退了回来。火车开走了,他留在了月台上,在口袋里悄悄撕碎了那张车票。

深圳的车站是这样繁忙,你的耳朵里可以同时听到七八种不同的方言。他在口袋里握着那 1 元硬币,来到一家商店门口,5 毛钱买了 1 支儿童彩笔,5 毛钱买了 4 只"红塔山"的包装盒。在火车站的出口,他举起一张牌子,上书"出租接站牌(1元)"几个字。当晚,祥子吃了 1 碗加州牛肉面,口袋里还剩下了 18 元钱。5 个月后,"接站牌"由 4 只包装盒发展为 40 只用锰钢做成的可调式"迎宾牌"。火车站附近有了他的 1 间房子,手下有了一个帮手。

3 月的深圳,春光明媚,此时各地的草莓蜂拥而至。10 元 1 斤的草莓,第一天卖不掉,第二天就只能卖 5 元,第三天就没人要了。此时,祥子来到近郊一个农场,用出租"迎宾牌"挣来的 1 万元,购买了 3 万只花盆。第二年春天,当别人把摘下的草莓运进城里时,祥子栽着草莓的花盆也进了城。不到半个月,3 万盆草莓销售一空,深圳人第一次吃上了真正新鲜的草莓,祥子也第一次领略了 1 万元变成 30 万元的滋味。

要吃即摘,这种花盆式草莓,使祥子拥有了自己的公司。他开始做贸易。他异想天开地把谈判地点定在五星级饭店的大厅里,那里环境幽雅且不收费。两杯咖啡,一段音乐,还有彬彬有礼的服务小姐,祥子为没人知道这个秘密而兴奋,他为和美国耐克鞋业公司成功签订贸易合同而欢欣鼓舞。总之,祥子的事业开始复苏了,他有一种重新找回自己的感觉。

智慧感悟

1元钱,在许多人看来刚刚够买1杯水,而在有些人那里却能够"繁殖"出千万资产。也许,世界上产生富翁和乞丐的原因之一,便是由于他们之间存在着认识上的差别。当然,要使小钱创造出巨额的财富,还得重视资源的组合和信息的利用,这两样东西结合到一起,便构成了财富增长点。

圆梦花园和凤凰山庄

两个开发商,一个在城东开发圆梦花园,一个在城西开发凤凰山庄。

一年后,总投资10个亿的圆梦花园建成了。60栋楼房环湖排列,波光倒影,清新雅静,真如花园一般。不久,凤凰山庄也竣工了。它真像一座山庄,60栋楼房依山而筑,青砖红瓦,绿树掩映,确实是理想的居住地。

圆梦花园首先在电视上打出广告,接着是报纸和电台,他们打算投资100万做宣传。凤凰山庄建好后也拿出100万,不过没交给广告公司,而是给了公交公司,让他们把跑西线的车由每天的10班增加到每天50班。一年过去,凤凰山庄开始清盘,圆梦花园开始降价。

现在去凤凰山庄的车每天已达到500班,几乎每3分钟就有一辆。坐这条线路上的车,可以得到一张如公园门票大小的彩色车票,它的正面是凤凰山庄的广告,反面是一首唐诗中的七言绝句,这种车票每周一换。据说,凤凰山庄有个孩子已在车上背会了400多首唐诗,最少的也背了50多首。

前不久,圆梦花园向银行申请破产,凤凰山庄借势收购,从此,市区又多了一条车票上印有宋词的线路。

智慧感悟

真正有智慧的投资者会将每一分钱都用在"刀刃"上,并让其发挥最大的作用。

养成大的气候

有一家公司,拥有半个街巷的门面房。这个街巷附近是个很大的居民区。公司由于十几年来业务不景气只好撤了门店,空房对外招租。有一对夫妇,率先在这里租房,办起了一个风味小吃店,生意竟格外的好。于是卖麻辣烫的、卖豆汁的、卖涮羊肉的、卖陕西羊肉泡馍的……全聚到了这条街上来。这条街上人声鼎沸,很快成了远近闻名的小吃一条街。

见租房的人生意这么火,对外租房的公司再也坐不住了。公司收回了对外招租的全部门面,撵走了所有在这里经营各种风味小吃的人,摇身一变,自己经营起小吃生意来。但没料到仅仅一个多月,这条街巷又冷清起来,公司的效益也出奇的差。

公司经理百思不得其解,去询问一个德高望重的市场研究专家。专家听了,微笑着问他:"如果你要吃饭,是到一条只有一家餐馆的街上去,还是要到一条有几十家餐馆的街上去?"

经理说:"当然是哪里餐馆多,选择余地大,我就会到哪里去。"

专家听了，微微一笑说："那么你的公司垄断了那条街巷的小吃生意，这同一条街上只有一家餐馆有什么不同呢？"

经理幡然醒悟，回去后，迅速缩减了自己公司的生意门店，又将门面房对外招租，这条街巷的生意顿时又恢复了往昔的红火。

智慧感悟

俗话说："万紫千红方是春。"有些时候，在某些行业里搞"一言堂"，很有可能会出现"万马齐喑"的局面。每一个成熟的商人都明白一个道理：只有养成大的气候，依靠大的市场，才能最大化自己的财富。

菜单中的经济学

如果一天早上，你睡眼惺忪，空着肚子，不经意地走进一家小饭馆，你是愿意从一张破旧不堪、沾有糖浆，而且还被黄油弄脏了的打印菜单上选择早餐，还是愿意得到一张富有光泽、很干净、色彩鲜艳，而且上面还画有维也纳风格的法国吐司和堆着许多水果的比利时鸡蛋饼的菜单？

总部设在西雅图的菜单工作室的咨询人员认为你肯定会选择后者。他们告诉友爱饭店如何从改变菜单目录和提供高质量的小吃来获得利润。改变菜单不到一个月，到友爱饭店吃早餐的顾客就增加了20%。

菜单工作室对市场有详细周密的调查和研究。

它认识到关于人们是否在饭店吃饭的最好的统计指标就是他们的家庭收入。年收入在75000美元以上的家庭平均每周要在外面吃4.9顿，而年收入少于15000美元的家庭只在外面吃3.1顿。

菜单工作室也采用地理和年龄统计数据进行研究，如"3, 5, 15"

规则。这一规则表明，一家大饭店的大多数常客通常住在离该饭店 3 英里以内的地方；稍微去得少一些的则住在 5 英里以内的地方；而几乎所有的顾客都住在 15 英里以内的地方。

这个规则与人口普查资料结合起来考虑，菜单工作室准确地找出了住在饭店附近的高收入家庭，然后研究这些潜在顾客的年龄。"如果你的大多数顾客在 35 岁到 40 岁之间，你将会定出一个与比他们年长的人不同的价格。"

菜单工作室也可以同时帮助饭店找到一个可供顾客识别的形象。举个例子，菜单工作室的一个客户准备为顾客提供多种菜（海鲜、鸡肉、干面食，还有三明治等），但他没有一个统一的主题来使自己的饭店与别人的相区别，当菜单工作室发现该饭店以某个人的狗的名字命名时，他们就为饭店找到了一个主题和形象。菜单工作室制作了一张印有小水鸭的粉红色菜单，菜单上附有一首诗和那条狗的插图，并且，在狗"最中意"的菜（"碰巧"是该店利润最高的一道菜）旁边，还留有一个爪印。

★ 智慧感悟 ★

在进行投资经营之前，我们要对所介入领域的方方面面进行详细的调查分析。只有全面地掌握了相关的信息，并做出创意规划，才能确保事业的成功。

借鸡生蛋成大业

美国船王丹尼尔·洛维格的第一桶金，乃至他后来数十亿美元的资产，都是借鸡生的"金蛋"。可以说，他整个事业的发展是和银行分不开的。

当他第一次跨进银行的大门，人家看了看他那磨破了的衬衫领子，又见他没有什么可做抵押的，自然拒绝了他的申请。

他又来到大通银行，千方百计总算见到了该银行的总裁。他对总裁说，他把货轮买到后，立即改装成油轮，他已把这艘尚未买下的船租给了一家石油公司。石油公司每月付给他的租金，就用来分期还他要借的这笔贷款。他说他可以把租契交给银行，由银行去跟那家石油公司收租金，这样就等于在分期付款了。

许多银行听了洛维格的想法都觉得荒唐可笑，且无信用可言。大通银行的总裁却不那么认为。他想：洛维格一文不名，也许没有什么信用可言，但是那家石油公司的信用却是可靠的。拿着他的租契去石油公司按月收钱，这自然十分稳妥。

洛维格终于贷到了第一笔款。他买下了他所要的旧货轮，把它改成油轮，租给了石油公司。然后又用这艘船做抵押，借了另一笔款，从而再买1艘船。

洛维格的成功与精明之处就在于他利用那家石油公司的信用来增强自己的信用，从而成功地借到了钱。

这种情形继续了几年，每当一笔贷款付清后，他就成了这条船的主人，租金不再被银行拿走，而是顺顺当当进了自己的腰包。

当洛维格的事业发展到一个时期以后，他嫌这样贷款赚钱的速度太慢了，于是又构思出了更加绝妙的借贷方式。

他设计一艘油轮或其他用途的船，在还没有开工建造、尚处在图纸阶段时，他就找好一位顾主，与他签约，答应在船完工后把它租给他们。然后洛维格才拿着租船契约，到银行去贷款造船。

当他的这种贷款"发明"畅通后，他先后租借别人的码头和船坞，继而借银行的钱建造自己的船。他有了自己的造船公司。

就这样，洛维格靠着银行的贷款达到了自己事业的巅峰。

第八章　有钱人和你想的不一样

智慧感悟

西方生意上有句名言："只有傻瓜才拿自己的钱去发财。""给我一个支点，我就能撬动地球。"阿基米得的"支点"就是一种凭借。任何巨额财富的起源，建立在借贷基础上是最快捷的。就是说，要发大财先借贷。毕竟，"买船不如租船，租船不如借船"，借得大船，方能去远洋。

连横合纵成盟友

张果喜，江西果喜实业集团公司董事长兼总经理。1979 年开始生产出口日本的佛龛，占据了日本大部分佛龛市场，并在加拿大、德国、韩国、泰国和中国香港等地开辟了经销处和办事处，产品共 5 大类两千余种，个人资产达数亿元。

有"巧手大亨"之美誉的张果喜深明"合纵结盟"的重要所在，在开拓日本市场时照顾好方方面面的利益，善待盟友和对手，很快便成为日本佛龛市场的"龙头老大"。

张果喜在日本取得了一定的市场地位以后，就与日商建立了稳固的代理关系，全部佛龛产品都由日商代理经销。不久，新情况出现了。随着张果喜生产的佛龛在日本市场的畅销，一些颇具眼光的日本商人看到销售这种佛龛非常有利可图，为降低进货成本，一些销售商就想走捷径，绕过代理商直接从张果喜那里进货。

张果喜慎重考虑了这个新情况。

从眼前利益看，销售商的直接订货，减少了中间环节，厂方确实可以多得一些钱，捞到实惠。但从长远考虑，接受直接订货，就意味着将失去已花费了很大力气开辟的以往的销售渠道，甚至使以往的销售渠道背向自己，走到自己的竞争面，这无疑得不偿失。

从这种思路出发，张果喜婉转而又坚决地回绝了那几家要求直接订货的零售商，继续维持与日本代理经销商的盟友关系。后来，日本代理商知道此事后，很受感动，增强了对张果喜的信任，在推销宣传方面下了不少功夫。向来不轻易买账的日本代理商这次果敢地打出了张果喜是"天下木雕第一家"的招牌，从而使张果喜的产品在日本市场越来越稳定。

人无远虑，必有近忧。张果喜清醒地看到，生产佛龛是一种利润丰厚的行业，除了他的果喜集团公司，韩国与中国台湾制作的产品也有相当的渗透力，更不用说在日本本土还有成千上万的同类中小企业了。如果照以前那样，单靠原有的销售网络和一两个合资的株式会社与强大的竞争对手抗衡，只能处于劣势而被人家踩在脚底下。

权衡利弊，张果喜决定扩大"同盟军"，把一些原先的对立派拉到自己一边。张果喜为慎重起见，还与他的智囊团成员对此细细地作了分析研究，选择了分散在日本各地的有代表性的一些中小型企业。经过多方协调，于1991年成立了"日本佛龛经销协会"，专门经销果喜集团的漆器雕刻品。这种方式变消极竞争为积极合作，当年立竿见影，张果喜在日本佛龛市场的份额占到六成，取得了更大的市场主动权。

这就是张果喜的连横合纵，其真谛在于周密思考、权衡利弊，摆脱眼前利益和一己之利的束缚，开阔视野，正确处理与盟友和竞争对手的关系，最终才能稳住阵脚。

智慧感悟

聪明的企业家着眼于长远，在对待盟友和竞争对手时善于处理好眼前利益和长远利益的关系，不四面出击，而是广交朋友，周密考虑，谨慎从事。

第八章　有钱人和你想的不一样

向前线挺进

马登在 7 岁时就成了孤儿，这时他不得不自己去寻找住处和饮食。早年他读了苏格兰作家斯玛尔斯的《自助》一书。作家斯玛尔斯像马登一样，在孩提时代就成了孤儿，但是，他找到了成功的秘诀。《自助》一书中的思想种子在马登的心中形成了炽烈的愿望，发展成崇高的信念，使他的世界变成了一个值得生活得更美好的世界。

在 1893 年经济大恐慌之前的经济繁荣时期，马登开办了四个旅馆。他把这四个旅馆都委托给别人经营，而他自己则花许多时间用于写书。实际上，他要写一本能激励美国青年的书，正如同《自助》过去激励了他一样。正当他勤奋地写作时，令人啼笑皆非的命运捉弄了他，也考验了他的勇气。

马登把他的书叫作《向前线挺进》。他采用的座右铭是："要把每一时刻都当作重大的时刻，因为谁也说不准何时命运会检验你的品德，把你置于一个更重要的地方去！"

就在这个时候，命运开始检验他的品德，要把他安排到一个更重要的地方去了。

1893 年的经济大恐慌袭来了。马登的两家旅馆被大火烧得精光，即将完成的手稿也在这场大火中化为灰烬。他的有形财产都付诸东流了。

但是他审视周围，看看国家和他本人究竟发生了什么事。他的第一个结论是：经济恐慌是由恐惧引起的，诸如恐惧美元贬值、恐惧破产、恐惧股票的价格下跌、恐惧工业的不稳定等。

这些恐惧致使股票市场崩溃。567 家银行和贷款信托公司以及 156 家铁路公司都破产了。失业影响了数以百万计的人们，而干旱和炎热，又使得农作物歉收。

马登看着周围物质上的和人们心灵上的废墟,觉得有必要来激励他的国家和人民。有人建议他自己管理其他两个旅馆,他否定了。占据他身心的是一种崇高的信念,马登把这种信念同积极的心态结合在一起。他又着手写一本书。他的新座右铭是一句自我激励的语句:"每个时机都是重大的时机。"

他告诉朋友们说:"如果有一个时候美国很需要积极心态的帮助,那就是现在。"

他在一个马厩里工作,只靠1.5美元来维持每周的生活。他夜以继日不停地工作,终于在1893年完成了初版的《向前线挺进》。

这本书立即受到了热烈的欢迎。它被公立学校作为教科书和补充读本;它在商店的职工中广泛传播;它被著名的教育家、政治家以及牧师、商人和销售经理推荐为激励人们采取积极心态的最有力的读物。它以25种不同的文字同时发行,销售量高达数百万册。同时,马登也成了一个百万富翁。

马登和我们一样,相信人的品质是取得成功和保持成果的基石。并认为达到了真正完满无缺的品质本身就是成功。他指出了成功的秘密,他追求金钱,但是他反对追逐金钱和过分贪婪。他指出有比谋生重要千倍的东西,那就是追求崇高的生活理想。

马登阐明了为什么有些人即使已成为百万富翁,但仍然是彻底的失败者。那些为了金钱而牺牲了家庭、荣誉、健康的人,一生都是失败者,不管他们可以聚敛多少钱财。追求金钱、崇尚金钱,本身并没有错,只要你不过分沉溺于其中,不贪财,不被其所左右。

★智慧感悟★

不管人们处于何种地位,钱都是生存的必需品,钱也是增进休闲方式、提高生活品质的一种途径。然而,金钱不是万能的,如果把金钱本身当成了目的,人们就会陷入失望和不满,并且永远无法达到提升生活品质的目标。

第八章 有钱人和你想的不一样

诺贝尔奖的设立

能用金钱去实现自己的心愿，造福于人类子孙万代者，莫过于诺贝尔。

诺贝尔的名字全世界几乎无人不知，他所设立的诺贝尔奖具有世界上任何大奖都无法比拟的影响。可以说，诺贝尔奖对世界历史进程的影响比诺贝尔本人的所有发明和产业都要巨大得多。

人称"炸药大王"的诺贝尔一生中所积累的财富是巨大的，即使在今天来看，也堪称巨富。他的财产总共约有3300多万瑞典克朗。诺贝尔一生未婚，但有其他亲属，他完全可以把这笔财产留给他们。然而，晚年的诺贝尔在考虑财产安排的时候，更多地想到的却是如何用这笔财富去推动人类的文明和进步。

诺贝尔是个伟大的发明家，他发明的炸药在工业和建筑等行业中发挥了很大的作用。但炸药也可以被用于战争，成为伤人的有力武器，炸药的爆炸力越强大，因此而造成的伤亡也就越多。任何事物都具有两面性，是好是坏全在怎样运用，这本是无可奈何之事，然而，诺贝尔对此却怀着深深的不安。因此，他希望把自己的财富献给整个人类的和平、幸福和进步事业！

诺贝尔为了实现他的这一伟大心愿，在他生前的最后10年里，曾先后三次立下过非常相似的遗嘱，最终设立了如下五项大奖：

1. 在物理方面做出最主要发现或发明的人。
2. 在化学方面做出最重要发现的人。
3. 在生理或医学领域做出最重要发现的人。
4. 在文学方面曾创作出有理想主义倾向的最杰出的作品的人。
5. 曾为促进国家之间的友好、为废除或裁减常务军队以及为举行或促进和平会议做出过最大或最好工作的人。

同时，诺贝尔在遗嘱中还明确规定："在颁发这些奖金的时候，对于受奖候选人的国籍丝毫不予考虑，不管他是不是斯堪的纳维亚人，只要他值得，就应授予奖金。"这就使得诺贝尔奖跨越了国界的限制，成为有史以来世界上影响最大的奖项。

智慧感悟

能够致富，能够通过投资成为亿万富翁，是每个人天生的权利，因贫穷不是你的命运。但是在致富的同时，还要时刻警惕"暴发户"的陷阱，光是有钱并非能成为真正的亿万富翁，只有在精神上成为有钱人，你才能真正成为亿万富翁。

第九章

生活小细节，人生大成败

> 世界上最伟大的推销员乔·吉拉德曾说："成功的机会无处不在、无时不有，遍布于每一个细节之中。"在工作和生活中，细节无处不在，只有认识它、注意它的人，才能给他带来成功的机会。
>
> 细节就像人体的细胞一样举足轻重，谁能把握住细节，谁就能悄悄成功，于无声处响惊雷，在细节中见真知。我们在成长中、生活中，若能将小事做细，并且注重在做事的细节中找到机会，就能使自己走上成功之路。

东京帝国饭店

美国著名的建筑大师莱特,在他毕生的许多作品中,最杰出而脍炙人口的也许要算坐落于日本东京的抗震帝国饭店。这座建筑物使他名列当代世界一流建筑师之林。1916年,日本小仓公爵率领了一批随员代表日本政府前往美国聘请莱特建一座不畏地震的建筑。莱特随团赴日,将各种问题实地考察了一番,发现日本的地震是继剧震而来的波状运动,于是断定许多建筑物之倒塌实际上是因为地基过深,地基过厚。过深、过厚的地基会随着地壳移动,而使建筑物坍塌下来。

他决定将地基筑得很浅,使之浮在泥海上面,从而使地震无从肆虐。

莱特决定尽量利用那层深仅8尺的土壤。他所设计的地基系由许多水泥柱组成,柱子穿透土壤栖息在泥海上面,可是这种地基究竟能不能支持偌大一座建筑物呢?莱特费了一整年工夫在地面遍击洞孔从事实验。他将长8尺、直径8寸的竹竿插进土里,随即很快抽出来以防地下水冒出,然后注入水泥,他在这种水泥柱上压以铸铁,测验它能负担的重量。结果成绩颇为惊人。根据帝国饭店的预计总重量,他算出了地基所需的水泥柱数,在各种数据准确的情况下大厦动工了。筑墙所用的砖也经过他特别设计,厚度较常加倍。1920年,帝国饭店正式完工,莱特返美。

3年之后,一次举世震骇的大地震突袭东京与横滨。当时莱特正在洛杉矶创建一批水泥住宅,闻讯坐卧不宁,等待着关于帝国饭店的消息。

一连数日毫无消息,到了某天凌晨3时,莱特的旅店寓所里电话铃声狂鸣。"喂!你是莱特吗?"听筒内传来一阵令人沮丧的声音:"我是洛杉矶《检验报》的记者。我们接到消息说帝国饭店已被地震毁了。"

数秒钟后他坚定地回答道:"你若把这条消息发出去,包你会声明更正。"

10天之后,小仓公爵拍来了一通电报:"帝国饭店安然无恙,从此成为阁下的天才纪念品。"帝国饭店在整个灾区中竟因是唯一未受损害的房屋而成了千万灾民的归宿。

小仓公爵的贺电顷刻间传遍全球,莱特成了妇孺皆知的名流。

智慧感悟

生活中我们经常会发现,那些功成名就的人,在功成名就之前,早已默默无闻地努力工作过很长一段时间。成功是一种努力积累的结果,更是苛求细节的最佳诠释。在实际生活中,唯有苛求细节的尽善尽美,才是走向成功的最佳途径。如果凡事你都没有苛求完美的积极心态,那么你永远无法达到成功的顶峰。

用心做事才能见微知著

华佗是我国古代著名的医学家。他医术高超,不仅因为他自小聪明,更重要的是他能够细心学习、刻苦钻研。

东汉末年,战争频繁,民不聊生,又碰上瘟疫流行,百姓死伤无数。华佗家所在的那个村庄的人都被瘟疫感染,小华佗被父母送到山上才幸免一难。看着自己的父母被瘟疫夺去生命,华佗非常伤心。他痛恨那些官僚没有一个来关心民生疾苦,也很气恼没有一名医生能治好那些得瘟疫的人。因此,他立志要做一名好医生,为天下的贫苦百姓治病。

华佗7岁那年,听说有一个姓蔡的名医医术非常高超,他决定前去拜师。但是,蔡大夫收徒很严格,不仅要有学医的志向,还要非常聪慧。因此，他每次都会出一些题考那些来拜师的人。

华佗先在蔡大夫的村里住了几天，然后与其他人一同前去蔡大夫家拜师。那天，蔡大夫指着门前的1棵大树说："你们要拜师的话，先把树顶上的叶子取下来，条件是不能用梯子，也不能爬树。"

那些来拜师的人听后，有的面面相觑，有的来回走动，还有的唉声叹气，只有华佗一人围着那棵树仔细观察。蔡大夫看见华佗如此与众不同，走过去问道："小兄弟，你想到什么办法了吗？"

华佗也不回答，只是在那里看着。突然他一拍脑门儿，叫了起来："有了！"他向蔡大夫要来一根绳子，接着在墙角找了两块石头绑在绳子两端，然后抓住绳子的一端朝树顶的枝条猛抛上去，接着把绳子一拉，树顶的枝叶就飞了下来。

蔡大夫见了，高兴地称赞："好办法！"问明华佗学医的原因后，蔡大夫欣然收了这个徒弟。

蔡大夫收华佗为徒后，并没有立即教他医术，而是让他每天早上打扫院子，上午把草药碾成碎末，下午煎制药汤，一碗一碗给病人送去，一直忙到半夜才能入睡。别的徒弟都抱怨师父不教他们医术只让他们干活儿，但华佗从来不抱怨，而是每天认真观察，从中学习。

过了两个月，蔡大夫把华佗叫进屋子，问他："华佗，你来这里多久了？"

华佗恭敬地回答："师父，徒儿来这里已经两个月了。"

蔡大夫又问："那你这两个月学到什么了？"

华佗说："虽然师父没有直接教我医术，但我每碾一次药，都看这些药是什么，尝尝它们是什么味道，分辨药方是怎么搭配的。每次送药给病人，我都会观察这些病人的症状，分析什么程度的症状要吃多重的药。还会问他们的感觉，吃了药后有没有好转。"

蔡大夫听了大喜："嗯，真是细心的孩子。看来你真是可造之才。从明天开始，你跟我一起出诊吧。"

从此，华佗一面帮师父做一些基本工作，比如称药、送药，一面跟着师父出诊。每次出诊他都认认真真地记录师父的诊断过程，细心地观察病人的症状，分析师父所开的药方、药量。

对那些需跟踪治疗的病人，华佗的观察更是仔细。不仅观察他们病情的变化，还看蔡大夫所开药方的变化。蔡大夫见华佗如此细心认真、勤奋好学，更加喜爱他了，他把自己所藏的医书全拿出来给华佗看。有了这些医书，华佗如鱼得水，白天他跟随师父看病出诊，晚上就抱着医书认真研读，他的医术突飞猛进。但是华佗并不满足，仍不断学习，亲自采药，细致地试验药性。

仔细、好学、坚持，终于造就了一代神医——华佗。

智慧感悟

细节决定成败，用心做事才能将每一个细节尽收心底，才能看透细节背后可能潜在的问题，才能比别人做得更好，才能最终成就自己。

"磨"出来的科学院院士

在荷兰，有一个刚初中毕业的青年农民，来到一个小镇，找到了一份替镇政府看门的工作。他在这个门卫的岗位上一直工作了60多年，一生都没有离开过这个小镇，也没有再换过工作。

也许是工作太清闲，他又太年轻，他得打发时间。他选择了又费时又费工的打磨镜片当自己的业余爱好。就这样，他磨呀磨，一磨就是60年。他是那样的专注和细致，锲而不舍，他的技术已经超过专业技师了，他磨出的复合镜片的放大倍数，比他们的都要高。借着他研磨的镜片，他终于发现了当时科技尚未知晓的另一个广阔的世界——微生物世界。从此，他声名大振，只有初中文化的他，被授予了他看来是高深莫测的巴黎科学院院士的头衔，就连英国女王都到小镇拜会过他。

创造这个奇迹的小人物，就是科学史上鼎鼎有名的、活了90岁的荷兰科学家万·列文虎克。他老老实实地把手头上的每一个玻璃片磨好，用尽毕生的心血致力于每一个平淡无奇的细节的完善，终于他在细节里看到了他的上帝，科学也在他的细节里看到了自己更广阔的前景。

智慧感悟

一花一世界，一叶一如来。如果你能执着地把手上的小事坚持下去，你同样也会成为一个了不起的人物。

聚少成多的力量

卡特·华尔德曾经是美国近代诗人、小说家和钢琴家爱尔斯金的钢琴教师。有一天，他给爱尔斯金上课的时候，忽然问他："你每天要练习多长时间钢琴？"

爱尔斯金说："大约每天三四个小时。"

"你每次练习，时间都很长吗？是不是有个把钟头的时间？"

"我认为这样才能提高水平。"

"不，不要这样！"卡特说，"你将来长大以后，每天不会有多长时间的空闲的。你需要从现在就开始养成习惯，一有空闲就几分钟几分钟地练习。比如，在你上学以前，或在午饭以后，或在工作的休息余闲，5分钟、5分钟地去练习。把零散的练习时间分散在一天里面，如此弹钢琴就成了你日常生活中的一部分了。"

当时14岁的爱尔斯金对卡特的忠告未加注意，但后来回想起来觉得卡特的话真是至理名言，并且他从中得到了不可估量的益处。

当爱尔斯金在哥伦比亚大学教书的时候，他想兼职从事创作。可是上课、看卷子、开会等事情似乎把他白天和晚上的时间完全占满了。差不多有两个年头，他一直不曾动过笔，借口是："没有时间。"后来，他突然想起了卡特先生告诉他的话。到了下一个星期，他就把卡特的话实验起来。只要有5分钟左右的空闲时间，他就坐下来写作100字或短短的几行。

出乎意料的是，在那个星期结束的时候，爱尔斯金竟写出了相当多的稿子。

后来，他同样用这种聚沙成塔的方法，进行长篇小说的创作。虽然学校给爱尔斯金的教学任务一天比一天重，但是他每天仍有许多短短的余暇可以利用，他仍然一边练琴一边写作，最后取得了骄人的成绩。

智慧感悟

人们总以为做大事就需要大块的时间，当很多"宏伟"的计划没有实现时，便拿"没时间"当作理由，理直气壮，冠冕堂皇。实际上，时间像任何有形的东西一样，是可以积累的，小块的时间可以"挤出来"，凑成大块的时间。或者换句话说，大计划可以被分解成许多小步骤，重视细节的累积，一步一步实现小计划，最后就能实现"大计划"。

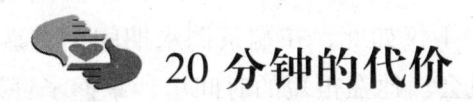

20分钟的代价

一位朋友向周总推荐了一位印刷公司老板。这位老板知道周总的公司在印刷方面会花不少钱，因此想争取周总的生意。他带来了精美的样本、仔细考虑的价钱建议和热情的许诺。周总有礼貌地坐着，但在他未到会前就已决定不把生意交给他，因为他迟了20分钟才来。准时取得周总公司的印刷品是十分关键的。周总公司的产品的印刷部件星期三送到,星期四装订,星期五发送到周总下星期出席的座谈会地点,迟一天就跟迟一年那么糟糕。周总的公司可能要雇十多位工人在既定的一天来将销售信、小册子与订货单叠好塞进信封,如果印刷品没运到,啥事都干不成。所以,当那位印刷公司的老板在第一次会议就不能准时出席时,周总就会推断出不能指望这位印刷公司老板能把他的工作干好。

★智慧感悟★

大事小事,只是相对而言。很多时候,小事不一定就真的小,大事不一定就真的大,关键在于做事者的认知能力。那些一心想做大事的人,常常对小事嗤之以鼻、不屑一顾。其实连小事都做不好的人,大事是很难成功的。

微小机会成就辉煌未来

李嘉诚14岁时,父亲去世,他被迫辍学,并挑起生活的重担。他先在亲戚开的钟表公司当小学徒,每天泡茶、扫地。所做的事情虽小,但他却从不厌烦,反而把这当作学习的机会,从中学到了察言观色、见机行事的功夫。不仅如此,在端茶倒水期间,李嘉诚不放弃任何一个学习新知识的机会。他在很短的时间里,掌握了钟表的安装、修理,熟悉了各款钟表的使用性能和特点,这得到了老板的赏识,升他做了店员。

李嘉诚只有初中文化程度,内心深处有一种十分强烈的求学愿望,于是白天工作回来以后,他经常买一些旧书回来用功自学。因生活所迫,学完的旧书还要拿到旧书店去卖,再将卖旧书的钱买回"新"的

第九章 生活小细节，人生大成败

旧书，这样既学到了知识，又节省了许多钱。

后来，李嘉诚当上了塑胶带公司的推销员。走南闯北的推销生涯，不仅初步形成了他的商业头脑、丰富了他的商业知识，而且也使他结识了许多朋友，教会了他各种各样的知识，这为他日后事业的发展打下了良好的基础。

1950年，李嘉诚倾其积蓄成立了长江塑胶厂，由此开始了创业之路。凭着自己的勤学和商业头脑，他发了几笔小财，但由于经验不足和过于自信，工厂转而严重亏损，这一惨淡经营期一直持续了5年。

李嘉诚经过一连串磨难后，痛定思痛，开始冷静分析经济形势和市场走向。在种类繁多的塑胶产品中，他生产的塑胶玩具已经趋于饱和状态了。这意味着他必须重新选择一种能救活企业的产品，从而实现塑胶厂的转机。

机会来了。有一次，李嘉诚从杂志上注意到这样一则信息：用塑胶制造的塑胶花即将畅销欧美市场。这样一个小小的事情，使他马上联想到，和平时期的人们，在生活有了一定的保障之后，必定在精神上有更高的要求。如果种植花卉等植物，不但每天要浇水、除草，而且花期短，这与人们较快的生活节奏很不协调。如果用塑胶花代替真花，则可以省去这些复杂的程序，而且美观大方，同样能很好地美化人们的生活。想到这里，他兴奋地预测，一个塑胶花的黄金时代即将来临。

接着，李嘉诚四处奔波，不辞辛劳，经过一番艰苦的努力，终于生产出了既便宜又逼真的塑胶花，并通过各方面的促销和广告活动，使塑胶花为香港市民普遍接受，也使长江塑胶厂为人们所熟悉。

不久，李嘉诚又从出口洋行获得准确的消息：美国塑胶市场正在扩大，除了家庭室内插花装饰外，家庭外的花园、公共场所都用塑胶花点缀。他密切注视市场的动态，抓住每一个变化的细节，并开始逐渐加大广告宣传的力度。他非常希望接洽到资金雄厚的大客户，以图稳步发展。

这年秋天，李嘉诚意外地收到一家北美大公司的电报。电报说这家垄断公司将派一名经理视察李嘉诚的工厂以及香港其他塑胶花企业，决定从中挑选一家最有实力的进行长期合作。他预测到这个机会将带来令人振奋的前景，于是，连夜在公司召开紧急会议，并决定马上寻求一切机会向银行申请贷款，以便购入全新的塑胶花生产设备，租赁新厂房。

李嘉诚的一大特点，就是不放过任何一个哪怕再小不过的机会。他与全体员工一起苦战七个昼夜，终于在一周内将一切准备完毕。在北美经理到达的那一天，李嘉诚亲自开车去迎接这位"财神爷"。当这位经理参观完之后，深感此公司实力雄厚、气派非凡。经过会晤恳谈之后，这位经理同意与李嘉诚签订长期合约，因此成了长江公司的最大主顾。通过这家公司，李嘉诚还与加拿大银行界有了互相信任的友好往来，为日后拓展海外市场埋下了伏笔。

智慧感悟

人人都有走向成功的机会。但是，大多数人都没有能够抓住机会，因为机会出现的时候，都是一些非常细小的苗头，不容易被发现。而那些成功者往往能够抓住一些看似细小的机会，从而成就一番大事业，创造出辉煌的未来。

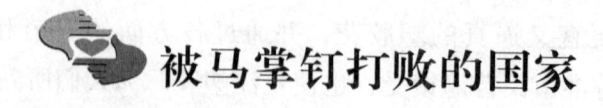

被马掌钉打败的国家

国王的马夫牵着一匹战马来到铁匠铺。

"快点给它钉掌。"马夫对铁匠说，"国王要急着出征呢。"

"你得等等。"铁匠回答。

"我等不及了。"马夫不耐烦地叫道，"敌人正在向我们的国土推进，我们必须早日出发。"

第九章 生活小细节，人生大成败

铁匠开始埋头干活儿，钉了3个掌后，他发现没有钉子来钉第四个掌了。

"我还需要1个钉子，"他说，"得需要点儿时间。"

"我告诉过你我等不及了，"马夫急切地说，"我听见军号了，你能不能凑合？"

"我能把马掌钉上，但是不能像其他几个那么结实。"

"能不能挂住？"

"应该能，"铁匠回答，"但我没把握。"

"好吧，就这样，"马夫叫道，"快点，要不然国王会怪罪到我头上的。"

于是，国王骑上他的战马出发了。两军交上了锋，国王率领部队冲向敌阵。

可是国王还没走到一半，1只马掌掉了，战马跌翻在地，国王也被抛在地上。

国王还没有再抓住缰绳，惊恐的战马就跳起来逃走了。士兵们突然看不见国王在前面骑马指挥了，人心惶惶，纷纷转身撤退，敌人的军队包围了上来。

国王无力地哀叹道："1匹马，我的国家倾覆就因为这1匹马。"从那时起，人们就说：

少了1个铁钉，丢了1只马掌。

少了1只马掌，丢了1匹战马。

少了1匹战马，败了1场战役。

败了1场战役，失了1个国家。

所有的损失都是因为少了1个马掌钉。

★ 智 慧 感 悟 ★

成大业若烹小鲜，做大事必重细节。这个故事告诉大家：无论做什么事情，千万不可忽视细节的存在，否则就有可能付出极其惨重的

代价。其实，细节是一种创造，也是一种征兆，从中可以看出一个人的命运去向和事情的成败。

关 灯

熊猫盼盼和猴子兵兵从动物大学毕业后同时应聘进入一家狮子和袋鼠合资的企业。这家公司待遇优厚，有很大的发展空间，它们俩都很珍惜这份工作，但结果很明确：只能留下1个，另1个在3个月试用期后将被淘汰出局。

为了争取留在这家公司工作，它们俩一直在暗暗较劲，都积极上进，工作也都很出色。但3个月后，猴子兵兵背包走人，熊猫盼盼留了下来。

事后，熊猫盼盼问老板："为什么留下我，而不是猴子兵兵？"老板说："从你们中间选拔1个还真难，在学识上不分高低，在工作能力上没有伯仲。但后来，我发现了一个现象：凡是你们俩不在的时候，猴子兵兵的宿舍里总是亮着灯，开着电脑，而你的宿舍则熄了灯，关了电脑。所以最终确定了你。"

智慧感悟

做好小事可以以小见大！不言而喻，注意细节所做出来的工作一定能抓住人心，虽然在当时无法引起别人的注意，但久而久之，这种工作态度形成习惯后，一定会给你带来巨大的收益。

第九章 生活小细节，人生大成败

茶文化的精神

一位日本女子非常向往记者的工作。大学毕业后，她被一家新闻单位聘用了。但是，由于没有记者的空缺，经理叫她暂时做一些为同事泡茶的工作。虽然她对这种安排非常失望，不过想到将来有做记者的机会，于是就静下心来，每天为同事泡茶倒茶。

3个月过去后，她开始沉不住气了，心里开始抱怨这份不喜欢的工作，她泡出来的茶，味道也一天不如一天，但她并未察觉。

有一天，她泡好茶端给经理，经理喝了一口就大骂起来："这茶是怎么泡的，难喝得要命！亏你还是大学毕业呢，连泡杯茶都不会！"她气坏了，几乎哭起来。她正准备当场辞职，突然来了一位重要访客，必须好好招待。她想：反正要离开了，就好好泡一壶茶吧！于是，她把心里的不愉快暂时抛开，认真地泡好茶，把茶端进去。当她转身刚要离开时，突然听到客人由衷地赞叹道："哇！这茶泡得真好！"那位骂她的经理也喝了一口，情不自禁地夸赞道："这壶茶真的特别好喝！"

她惊呆了！突然发现，只是小小的一杯茶而已，竟然造成那么大的差异，或挨骂，或被赞美，截然不同。这茶里显然有很深奥的学问，值得好好研究。从此以后，她不但对水温、茶叶、茶量都悉心琢磨，就连同事的喜好、心情也细心地体会，甚至连自己泡茶时的心情、状态会带来的结果也了如指掌。很快，她成为公司的灵魂人物。几年后，她就被升为经理。

智慧感悟

茶道即是人道，同时也是做事之道。悟透了茶道，就一定能悟透工作之道！因为茶道中对每一个细节都关注和严格要求，实际上已融入了茶文化的精神。在这一点上,和做好小事所彰显出来的精神,达到了高度的一致!

天下第一关

明朝万历年间,中国北方的女真为患。皇帝为了抗御强敌,决心整修万里长城。当时号称天下第一关的山海关,却早已年久失修,其中"天下第一关"的题字中的"一"字,已经脱落多时。万历皇帝募集各地书法名家,希望恢复山海关的本来面貌。各地名士闻讯纷纷前来挥毫,但是依旧没有一人的字能够表达天下第一关的原味儿。皇帝于是再下诏——只要能够中选的,就能获得最大的重赏。经过严格的筛选,最后中选的竟是山海关旁一家客栈的店小二,真是跌破大家的眼镜。

在题字当天,会场被挤得水泄不通,官家也早就备妥了笔墨纸砚,等后店小二前来挥毫。只见主角抬头看着山海关的牌楼,舍弃了狼毫大笔不用,拿起一块抹布往砚台里一沾,大喝一声"一",十分干净利落,立刻出现绝妙的一字。旁观者莫不给予惊叹的掌声。有人好奇地问他为何能够如此成功的秘诀。他被问之后,久久无法回答。后来勉强答道:"其实,我想不出有什么秘诀,我只是在这里当了30多年的店小二,每当我在擦桌子时,我就望着牌楼上的'一'字,一挥一擦就这样而已。"

原来这位店小二的工作地点正好面对山海关的城门,每当他弯下腰,拿起抹布清理桌上的油污之际,刚好这个视角,正对准"天下第一关"的"一"字。因此,他不由自主地天天看、天天擦,数十年如一日,久而久之,就熟能生巧、巧而精通,这就是他能够把这个"一"字临摹到炉火纯青、惟妙惟肖的原因。

第九章　生活小细节，人生大成败

★智慧感悟★

古人云："勿以善小而不为，勿以恶小而为之。"小事正可于细微之处见精神。有做小事的精神，就能产生做大事的气魄。不要小看做小事。只要有益于工作，有益于事业。人人都应从小事做起，用小事堆砌起来的事业才是坚固的，用小事堆砌起来的工作长城才是牢靠的。

两张车票

注重细节，就是在一件小事上善于体贴对方。

日本东京贸易公司的董事长吩咐办公室助理给德国一家公司的商务经理购买往来于东京、大阪之间的火车票。

在这次旅途中，德国公司的经理注意到了一个小小的巧合：去大阪时，他的座位在列车右边的窗口，返回东京时却是靠左边的窗口。

经理问助理其中缘故，助理笑答："车去大阪时，富士山在你右边，返回东京时，山又出现在你的左边。我想，外国人都喜欢日本富士山的景色，所以我替你买了不同位置的车票。"

德国经理深受感动，后来成了这家东京贸易公司的长期客户。

★智慧感悟★

有些人总认为要成大事就不要拘小节，否则就会被小节拖累，其实这种想法是不妥的。注重细节、对事情周密安排，是一种负责的表现，体现了一种人文关怀和体贴。

一封特殊的介绍信

在众多面试者中，大酒店的经理选中了一个年轻人负责这家酒店的管理工作。

"我想知道，"一位朋友问他，"你为什么喜欢那个年轻人，他既没带一封介绍信，也没任何人推荐。"

"你错了，"老板说，"我早就注意到了他。他在门口蹭掉脚上的土，进门时随手关上了门，说明他做事小心仔细；当看到那位残疾老人时，他立即起身让座，表明他心地善良、体贴别人；进了办公室，他先脱去帽子，回答我提出的问题干脆果断，证明他既懂礼貌又有教养。"

"其他所有的人都从我故意放在地板上的那本书上迈过去，而这个青年却俯身拾起那本书，并放在桌上。当我和他交谈时，我发现他衣着整洁，头发梳得整整齐齐，指甲修得干干净净。难道你不认为这些足以说服我让他做酒店的管理者吗？"

★智慧感悟★

生活的大海往往都是由一些小小的溪流组成的，一些小小的细节才构成了生命的内涵。生命中，那些看来微不足道的事情中都蕴藏着巨大的机遇，而成功者与一般人的最大区别往往体现在对这些微不足道的小事的重视上。

第九章　生活小细节，人生大成败

形象的价值

戴尔一向很注重形象。他清楚地认识到商业社会中，一般人是根据一个人的衣着来判断对方的实力。因此，他首先定做了三套昂贵的西服，然后又买了一整套最好的衬衫、衣领、领带、吊带等，而这时他的债务已经达到了700美元。

于是，戴尔开始了自己的第一次创业。

每天早上，戴尔都会身穿一套全新的衣服，在同一个时间、同一条街道同某位富裕的出版商"邂逅"。戴尔每天都和他打招呼，并偶尔聊上一两分钟。

这种例行性会面大约进行了一星期之后，出版商开始主动与戴尔搭话："你看来混得相当不错。"

接着，出版商便想知道戴尔从事哪种行业。因此，戴尔身上所表现出来的这种极有成就的气质，再加上每天一套不同的新衣服，已引起了出版商极大的好奇心，这正是戴尔盼望发生的情况。

戴尔于是很轻松地告诉出版商："我正在筹备一份新杂志，打算近期内争取出版。"

出版商说："我是从事杂志印刷及发行的。也许，我也可以帮你的忙。"

这正是戴尔所期待的。

出版商邀请戴尔到他的俱乐部，和他共进午餐，在咖啡和香烟尚未送上桌前，已"说服"了戴尔答应和他签合约，由他负责印刷及发行戴尔的杂志。戴尔甚至"答应"允许他提供资金并不收取任何利息。

杂志所需要的3万美元资金和购买衣物的700美元都是通过戴尔的形象换来的。

智慧感悟

　　成功的人善于捕捉机遇，他会独具慧眼、处处留心。在生活中，每一个人都需要仔细留心身边的每一件小事，这每一件小事当中都可能蕴藏着相当的机会，成功的人绝不会放过每一件小事。他们对什么事情都极其敏感，能够从许多平凡的生活事件中发现很多成功的机遇。

"砰"，关闭了合作之门

　　一家知名汽车生产公司的总工程师高桥的经历带给我们极大的启示。随着汽车业的日臻成熟，高桥所在公司扩大了与日本一家生产高档轿车公司的合作。他此行的目的就是与日方谈判，为他们提供轿车及附件。如果谈得顺利，公司将获得巨大的经济效益。

　　高桥只有40多岁，却已是知名的汽车专家，日方显得很慎重，派出年轻有为、处事谨慎的副总裁兼技术部课长百惠前去机场迎接。豪华气派的迎宾车就停在机场的到达厅外。高桥办完通关手续，走出大厅，来到举着欢迎他的小牌子的人面前，与百惠一行见面。宾主寒暄几句后，百惠亲自为高桥打开车门，示意请他入座。

　　高桥刚一落座，便随手"砰"地关上车门，声音极响，百惠甚至看见整个车身都微微颤了一下。百惠不禁愣了一下："是旅途的劳累使高先生情绪不佳，还是繁复的通关手续让他心烦？他可是株式会社的贵客，得更加小心周到地接待才行。"

　　一路上，百惠一行显得十分热情友好，甚至到了殷勤的程度。迎宾车停在株式会社大厦前的停车坪里，百惠快速下车，小跑着绕过车后，要为高桥开车门，但高桥却已打开车门下车，又随手"砰"地关上车门。这一次，比在机场上车时关得还要响，似乎用的力还要重得多。百惠又愣了一下。

日方安排的洽谈前的考察十分紧张，株式会社董事长兼总裁铃木先生还亲自接见，令高桥感到非常满意。会谈安排在第三天。在接下来的两天里，百惠极尽地主之谊，全程陪同高桥游览东京的名胜古迹和繁华街景，参观公司的生产基地。高桥显得兴致很高，可回到下榻酒店时，他在关车门时又是重重地"砰"的一下。

百惠不禁皱了一下眉。沉吟了片刻，他终于边向高桥鞠躬，边小心地问道："高先生，敝社的安排没什么不妥吧？敝人的接待没什么不周吧？如果有，还望先生海涵。"高桥显然没什么不满意的："百惠先生把什么都考虑得非常周到细致，谢谢。"说这话时，高桥是满脸的真诚，百惠却显得若有所思……

第三天到了，接高桥的车停在株式会社大楼前，他下车后，又是一个重重的"砰"。百惠暗暗地咬了咬牙，暗中向手下的人吩咐几句后，丢下高桥，径直向董事长办公室走去。高桥正感到有些莫名其妙，百惠的手下客气地将他让到了休息室，说："百惠课长说是有紧急事要与董事长谈，请高先生稍等片刻。"

董事长办公室里，百惠语气严肃地对铃木说："董事长先生，我建议取消与这家公司的合作谈判！至少应该推迟。"

铃木不解地问："为什么？约定的谈判时间就要到了，这样随意取消，没有诚信吧？再说，我们也没有推迟或取消谈判的理由啊。"百惠坚决地说："我对这家公司缺乏信心，看来我们株式会社前不久对该公司的考察走了过场。"铃木是很赏识这个精干务实的年轻人的，听他这么说，便问："何以见得？"

百惠说："这几天我一直陪着这个高总工程师。我发现他多次重重地关上车门，开始我还以为是他在发什么脾气呢，后来才发现，这是他的习惯，这说明他关车门一直如此。他是这家知名汽车公司的高层人员，平时坐的肯定是他们公司生产的好车。他重重关上车门习惯的养成，是因为他们生产的轿车车门用上一段时间后就易出现质量问题，不容易关牢。好车尚且如此，一般的车辆就可想而知了……我们把轿车和附件给他们生产,成本也许会降低很多,但这不等于在砸我们自己的牌子吗?请董事长三思……"

智慧感悟

查尔斯·狄更斯在他的作品《一年到头》中写道:"有人曾经被问到这样一个问题:'什么是天才?'他回答说:'天才就是注重细节的人。'"多读一些名人传记,你就会惊奇地发现,他们之所以成为名人,其实没有什么特别的原因,只是比普通人多注重一些细节问题而已。